Angela Hoffmann
Der Dompfaff und das Hufeisen

AF281399

Angela Hoffmann

Der Dompfaff und das Hufeisen

Roman

Bibliografische Information der
Deutschen Nationalbibliothek:
Die Deutsche Nationalbibliothek verzeichnet diese
Publikation in der Deutschen Nationalbibliografie;
detaillierte bibliografische Daten sind im Internet unter
www.dnb.de abrufbar.

Juristische Beratung
Rechtsanwalt Meinrad Mayer,
Frankfurt a. Main

Titelbild:
Nach einer Vorlage von Nadya Balaba

Buchlayout und Umschlag:
DigiBuchService, Hannover

Verlag: BoD · Books on Demand GmbH, In de Tarpen 42,
22848 Norderstedt, bod@bod.de
Druck: Libri Plureos GmbH, Friedensallee 273,
22763 Hamburg
ISBN 978-3-7693-1135-8

Für meinen Ehemann Klaus

Dieser Roman wurde von historischen Ereignissen inspiriert. Namen und bestimmte persönliche Vorkommnisse in der Privatsphäre, die Zeitzeugenberichte betreffen, wurden geändert. Ähnlichkeiten mit lebenden oder toten Personen wären daher rein zufällig. Bestimmte Schreibweisen der damaligen Zeit wurden beibehalten.

Kapitel

Vorwort

Eine gefährliche Situation

Dreimal war ich gewarnt worden. Dreimal von Personen, die sich nicht kannten. Dreimal in einer völlig unterschiedlichen Situation. Was sie mir sagten, war immer das Gleiche:
Mein Name steht auf einer Liste der Securitate, der gefürchteten Geheimpolizei Rumäniens.
Ich war gewarnt. Ich wusste, ich würde abgeholt werden, und nun saß ich im Verhörraum der Securitate. Im Keller die berüchtigten Folterkammern. Vor mir der Verhörspezialist. Ich musste ruhig bleiben und mir jedes Wort, das ich sagte, genau überlegen. Stunde um Stunde verging. Am Fenster draußen stand ein großer Baum, auf einem Ast, ganz nah an der Fensterscheibe saß ein Dompfaff mit seiner roten Brust. Mir wurden immer mehr Fragen gestellt.
Die ganze Zeit saß der Dompfaff unbeweglich auf dem Ast und sah in den Raum. Soll man da nicht an etwas Übersinnliches und an eine Seele glauben, die auf einen aufpasste? Ich glaubte daran.

Erstes Kapitel

Die Gesellschaft unter dem Nuss-
baum oder Wie es einmal war

Wenn meine Eltern mir von ihrem Leben berichteten, dann erzählten sie immer besonders viel von den ersten Jahren des zwanzigsten Jahrhunderts. In diesen Jahren war es meinen Eltern gut gegangen. Die Unmoralität spielte sich im Verborgenen ab, und besonders in Österreich-Ungarn gab es festgefügte gesellschaftliche Strukturen. Die Militärangehörigen hatten viele Privilegien. In jeder Garnison hatte das Militär eigene Casinos, in den feudalsten Badeorten sogar eigene Hotels. Selbst Kleinstädte hatten eine Redoute, es gab Theateraufführungen, Bälle und ein ausgeprägtes gesellschaftliches Leben. Wer dazu gehörte, war Jemand.

Meine Großmutter, die einem alten deutsch- ungarischen Adelsgeschlecht entstammte, hatte drei Töchter. Zwei Söhne waren gestorben, einer schon als Kleinkind, der zweite mit 21 Jahren an Tuberkulose. Die drei Töchter wurden wie es damals in diesen Familien üblich war, erzogen. Sie kamen zuerst in eine Klosterschule und dann in ein Internat. Mit den Töchtern und einer Mamsell besuchte meine Großmutter jedes Jahr mindestens einmal einen beliebten Badeort oder reiste nach Italien. In den Hotels, die dem K. u. K. Offizierscorps gehörten, konnte man, wenn man zum Militär gehörte, sehr preiswert übernachten, teils sogar kostenlos. Später staunte ich, wo meine Mutter, eine der drei

Töchter, schon überall gewesen war. Und das zu einer Zeit als es keine Autos gab und die Eisenbahn erst knapp ein paar Jahrzehnte alt war. Meine Großmutter reiste mit ihren drei Töchtern nach Wien, Budapest, Ischl und Venedig. Sie war damals bereits Witwe. In den riesengroßen Koffern, die mit auf die Reise genommen wurden, befanden sich die Roben, die vor jedem Ausgang von der Mamsell gebügelt und hergerichtet werden mussten. Die damaligen Kleider und Hüte waren sehr voluminös. Damals gab es noch keinen knitterfreien Stoff. Alle drei Töchter heirateten Offiziere und mussten eine Kaution mitbringen. Man hatte einen Offiziersburschen, ein Dienstmädchen und meist auch eine Köchin, obwohl das Einkommen der Offiziere dafür meistens nicht reichte. Daher mussten die Ehefrauen ein beträchtliches Vermögen mit in die Ehe bringen, um den Lebensstandard der Familie abzusichern, was dazu führte, dass sie natürlich sehr selbstbewusst waren. Ihr Leben war für die damalige Zeit schön und luxuriös, vor allem mussten sie sich keine existenziellen Sorgen machen. Aber das änderte sich später.

Das rumänische Militär hatte damals keinen besonders guten Ruf. Es ging um Korruption. Die einfachen Soldaten gingen oft barfuß in zerfetzten Uniformen oder in Opanken, eine aus Autoreifen zusammengeschnurte Fußbekleidung. Es waren ganz arme Bauernsöhne, die sich vom Militärdienst nicht mit einem Pferd freikaufen konnten. Die Kasernen waren dreckig, das Essen miserabel. Oft starb so ein armer Soldat an Unterernährung. Dann ging ein elender Leichenwagen die Langgasse hinunter zum Gesprengberg. Vorne ein Soldat mit einer Trompete, mit der er eine Melodie spielte, die mir heute noch in den Ohren klingt. Hinter dem Leichenwagen ging ein armes Bauernpaar, auch in Opanken, die vielleicht oder wahrscheinlich ihre letzten Groschen zusammengekratzt hatten, um ihren Sohn auf dem letzten Weg zu begleiten. Der Friedhof hinter dem Gesprengberg war nur für die Ärmsten der Armen. Er war nicht eingezäunt und es standen nur einfache Holzkreuze dort. Er war verwildert und ungepflegt. Selten sah man ein Wiesenblumensträußchen an ein Kreuz gebunden.

Es war damals ein offenes Geheimnis, dass es Korruption gab und dass das Geld für die Ernährung der Soldaten unterschlagen wurde. Alle Eltern mussten ihren Söhnen, die den Wehrdienst ableisten mussten, Lebensmittel schicken. Selbst von diesen Lebensmitteln, wenn Speck oder Schinken dabei war, gaben die Armen mehr oder weniger freiwillig ihren Offizieren etwas ab. Die Offiziere hingegen kleideten sich nach französischer Mode und gingen zur Maniküre. Man puderte sich damals sogar das Gesicht. Dass man sich in der Sonne bräunte, entsprach nicht dem damaligen Schönheitsideal.

Nach dem ersten Weltkrieg wurde die Welt meiner Eltern vollkommen zerstört. Mein Vater zog als Hauptmann in den Krieg und kam äußerlich unverwundet zurück. Was der furchtbare Krieg aber in ihm angerichtet hatte, konnte ich nur erahnen. Er sprach niemals darüber. Nach dem Krieg gab es in Rumänien am Anfang der Besetzung Hausdurchsuchungen und Beschlagnahmungen bei Ungarn und bei Deutschen. Es gab für diese Dinge kein Gesetz oder Kriegsrecht. Man enteignete den dort lebenden Deutschen und Ungarn, was nur möglich war. Selbst altverbriefte Rechte wurden nicht geachtet. Einmal wurde mit dem Bajonett in die Matratze im Kinderbett gestochen, in dem ich als Baby lag. Man nahm meinem Vater seine geliebten fünf Pferde weg, was er nie richtig überwunden hat. Auf seinem Schreibtisch lag ein Hufeisen bis 1944 die sowjetischen Soldaten kamen und Rumänen wie Sowjets wiederholten, was sich 1918 schon einmal abgespielt hatte.

Dieses Hufeisen sollte später noch eine Rolle spielen.

Mein Vater versuchte sich als Reitlehrer, aber das konnte die Familie nicht ernähren. Dann versuchte er es als Fechtlehrer, aber auch da reichte das Einkommen nicht. Schließlich besuchte er einen Handelskurs und arbeitete in der Buchhaltung.

Nach Kriegsende forderte man die ehemaligen K. u. K. Offiziere auf, in das rumänische Heer überzutreten. Einige entschlossen sich dazu und machten dort unglaubliche Karrieren. Mein Vater lehnte es ab. Er konnte es nicht mit seiner Ehre vereinbaren. Für ihn war es wie Verrat. Damit begann für ihn und uns ein Leben in Unsicherheit und es gab immer wieder Streit zwischen meinen Eltern. Er wollte nicht für Rumänien optieren, daher verweigerte man ihm die Staatsbürgerschaft. Da die Regierungen oft wechselten, befanden wir uns immer in einer unsicheren Situation. Mal erhielt mein Vater seine Majorspension, mal wurde sie gekürzt, dann wieder wurde sogar erklärt, er hätte sie zu Unrecht erhalten und müsste sie zurückzahlen.

Als ich fünf oder sechs Jahre alt war, kamen drei Herren mit Aktentaschen in unser Haus. Meine Mutter empfing sie im Wohnzimmer und sie eröffneten ihr, dass laut einem Dekret wegen unrechtmäßigen Bezugs der Pension das Haus enteignet worden sei. Es würde ein Kindergarten daraus gemacht werden. Wir müssten binnen 48 Stunden das Haus räumen und würden nach Ungarn ausgewiesen und über die Grenze geschafft. Die Wohnung müsste geräumt werden.

Ich sah, wie meine Mutter im Stuhl nach hinten kippte, blass wurde, die Arme schlaff hinunter hingen und ich begann zu schreien: "Sie haben die Mama umgebracht, sie haben die Mama umgebracht!" So lief ich durchs Haus, so dass die Mieter zusammenliefen, voraus die beherzte Frau Dirk aus einer Apothekerfamilie, die mit ihrer Familie im Stockwerk über uns wohnte. Als Frau Dirk kam, waren die drei Herren schon verschwunden. Auf dem Tisch lag die Anordnung mit der gerichtlichen Drohung. Mein Vater wurde nach Hause gerufen und es begann eine Aufregung und Hektik ohnegleichen. Man lief von Pontius zu Pilatus, zu Rechtsanwälten, einflussreichen Bekannten, zu Behörden, zwischendurch wurde ohne System und ohne Sinn gepackt. Es war das reinste Chaos. Um den ganzen Haushalt mitnehmen zu können, hätte man zwei Zugwaggons gebraucht, aber in 48 Stunden waren die nicht zu beschaffen. Fünf Minuten vor 12 kam Hilfe und die ganze Aktion wurde gestoppt. Ich saß auf Koffern und Kisten mit meiner Mutter auf dem Bahnhof. Meine Mutter weinte ununterbrochen. Mein Vater sollte nachkommen. Plötzlich brachte man meiner Mutter ein Schreiben. Sie schrie auf: „Wir können zurück, wir können zurück!" Mein Vater hatte die Aktion stoppen können, aber damit war die Sache noch lange nicht beendet. Es begann ein viele Jahre dauernder Kampf, der ungeheure Summen verschlang. Meine Eltern fielen immer wieder auf Menschen herein, die sie mit Versprechungen hinhielten, darunter Hochstapler und falsche Freunde, die behaupteten, dass sie über gute Beziehungen bei der jeweiligen Regierung verfügten.

Ein hoher Offizier, den mein Vater noch von früher kannte, der jetzt bei der rumänischen Armee war, hätte sicher helfen können, aber er lehnte es rundweg ab. Teilweise war es ein groteskes Spiel, das in dieser Zeit mit meinen Eltern gespielt wurde. Man zog ihnen mit leeren Versprechungen das Geld aus der Tasche. Auch einige Politiker beteiligten sich daran und machten Versprechungen, unternahmen aber nichts. Zurückdenkend habe ich das Gefühl, dass meine Eltern ein besonderes Talent hatten, an solche Leute zu geraten und sich ausnehmen zu lassen.

Mein Vater war im Gegensatz zu meiner Mutter ein sehr friedfertiger Mensch, der Unannehmlichkeiten und Streit aus dem Weg ging. Meine Mutter warf ihm öfter vor, wenn er nicht das machte, was sie wollte, dass er nichts in die Ehe eingebracht hatte. Das Haus, in dem Wohnungen vermietet waren, gehörte ihr.

In den dreißiger Jahren des zwanzigsten Jahrhunderts begann sich die Wirtschaft und das Leben in Mitteleuropa wieder ein wenig zu stabilisieren. Vieles war vollkommen zerstört worden, aber man versuchte, wieder einen gewissen Lebensstandard zu erringen. Das waren die wenigen Jahre meiner Jugend, in denen man nach Bildung strebte, die deutschen Schulen in Siebenbürgen angesehen waren und die kulturellen Veranstaltungen ein hohes Niveau hatten. Siebenbürgen, das von den Siegermächten des ersten Weltkrieges von Österreich-Ungarn losgelöst worden war, wurde an Rumänien, das damals noch ein echter Balkanstaat war, angeschlossen.

Wir lebten in Siebenbürgen, so auch in meiner Geburtsstadt Kronstadt mit den orthodoxen Rumänen, den Ungarn, Juden und Armeniern friedlich zusammen. Es spielte keine Rolle, welchen Glauben man hatte. Bei den Einen wie den Anderen gab es Vereine, Schulen und Feste, die offiziell gefeiert wurden. Jedes Glaubensbekenntnis hatte sein Gotteshaus, Kirche oder Synagoge. Feindseligkeiten gab es höchstens, wenn Wahlen anstanden, da gab es schon mal Prügeleien, aber nur zwischen den Parteianhängern, nicht zwischen Nationalitäten.

Die Predigten vom evangelischen Stadtpfarrer und späteren Bischof Glondys waren hervorragend und immer, wenn er predigte, war die Schwarze Kirche voll besetzt.

Auch Menschen anderer Konfessionen, Juden und Katholiken, hörten ihn predigen. Und auch meine Mutter ließ sich keine Predigt von Dr. Glondys entgehen.

Die deutschen Kirchen, Schulen und andere große Gebäude, die den Siebenbürger Sachsen verblieben waren, wurden immer sehr gepflegt und in Stand gehalten. Dazu gehörte die „Redoute", ein großer Saal, in dem ein schönes Theater war. Dort fanden im Winter auch sämtliche Bälle statt.

Die Schule, in die ich ging, war protestantisch. Da ich katholisch war, mussten meine Eltern sehr viel Schulgeld zahlen. Ansonsten hätte ich in die rumänische Staatsschule oder ins ungarische Kloster gehen müssen.

Die deutschen Schulen waren sehr begehrt, durften aber pro Klasse und Schuljahr nur drei bis vier fremde Kinder mit Sondergenehmigung aufnehmen. Warum dieser Drang in die deutsche Schule so groß war, ist mir nicht ganz klar, denn das Lernpensum war vom Kultusministerium vorgeschrieben und angeblich in allen Schulen gleich. Außerdem wurden von den rumänischen Behörden an unserer Schule mal die Anzahl der Schuljahre, mal die Anzahl der Klassen, mal die Anzahl der aufzunehmenden Schüler beschnitten. Ich war nur mit einer Sondergenehmigung aufgenommen worden.

Ich fragte mich oft, warum meine Eltern mich nicht in die rumänische Schule schickten. Beide konnten nicht Rumänisch, sie waren in der österreich-ungarischen Monarchie aufgewachsen und sie dachten, dass die Besetzung Siebenbürgens und des Banats nicht von Dauer sein konnte. Meine Mutter sprach und schrieb perfekt Deutsch und Ungarisch und lernte später noch Französisch. Mein Vater hatte absolut kein Talent für Sprachen und sprach nur Deutsch.

Natürlich lernten wir in der Schule auch Rumänisch, aber es blieb für uns eine Fremdsprache, wie Französisch oder Latein. Englisch hatten wir nicht. Schon mit 9 und 10 Jahren musste ich zu den Behörden gehen, weil ich mich schon in der

Landessprache verständigen konnte. Überall bei Ämtern und Behörden hingen Tafeln mit: „Vorbiti Romaneste" (Sprechen Sie rumänisch). Konnte man es nicht, wurde man schlecht oder gar nicht bedient. Kam aber so ein nettes, kleines Mädchen und gab sich auch noch Mühe, sich gut auszudrücken, ging alles bestens. Dies war in mancher Hinsicht eine gute Schule, denn es nahm mir für alle Zeiten die Angst vor Behörden.

Hätten mich meine Eltern in die rumänische Schule geschickt, hätte ich später ganz andere Berufschancen gehabt. Vor allem hatte unser Gymnasium damals nur fünf Klassen. Danach mussten wir eine Prüfung machen, die als kleines Abitur bezeichnet wurde, später aber nicht als solches anerkannt wurde. Wir bekamen zwar eine sehr gute Allgemeinbildung, aber zur Hochschulreife langte es nicht. Als ich die fünf Klassen Gymnasium beendet hatte, um Abitur machen zu können, aber dafür in eine Staatsschule oder nach Hermannstadt hätte gehen müssen, sperrten sich meine Eltern dagegen. Ich bat und bettelte, sie mögen mich doch nach Budapest oder Wien auf eine Kunstakademie oder Kunstgewerbeschule schicken. Aber darauf gingen sie nicht ein. Ich musste einen zweijährigen Handelskurs besuchen, danach lernte ich Hauswirtschaft und machte noch einen Schneiderkurs bei verschiedenen Saloninhaberinnen, was mir immer sehr von Nutzen war.

Meine Mutter sagte mir einmal: „Wenn Du nicht heiraten solltest, von dem Erbe kannst Du immer leben". Sie hatte viele Ländereien von ihrer Mutter geerbt. Eines Tages war das ganze Erbe weg und wieder einmal bewahrheitete sich das Wort: „Alles kann man einem Menschen nehmen, aber das, was er gelernt hat, also das, was er im Kopf hat, kann einem niemand nehmen!" In den zwanziger Jahren hatte meine Mutter während der Weltwirtschaftskrise und des Bankenkrachs den größten Teil ihres Vermögens verloren.

Es gab damals zwei Studentenverbindungen, die Handelsschüler waren die „Mercurianer", die Hoterusschüler die „Honterianer". Jede Verbindung hatte ihre eigene Couleur, die Mercurianer grün und die Honterianer blau, dazu den Flaus, eine schwarze Samtjacke, die mit Schnüren verziert war. Jede Verbindung hatte außerdem ihre eigene Musikkapelle. Wenn die jungen Männer zu unseren Volksfesten aufmarschierten, blieben alle Passanten am Straßenrand stehen und freuten sich über den schönen Anblick. Als Nazis später den Flaus verboten und ich unsere Studenten nur im weißen Hemd aufmarschieren sah, hatte ich das erste Mal Herzweh. Man hatte uns etwas genommen und es sollte unwiederbringlich sein.

Alle Veranstaltungen und besonders die Bälle im Winter waren ein besonderes Ereignis. Die beiden Coeten versuchten, sich gegenseitig zu übertrumpfen. Die Säle wurden geschmückt, die Eltern steuerten allerhand Sach- und Geldwerte bei. Hatte ein Student ein Mädchen, wurde sie persönlich eingeladen und von den Eltern freiverlangt, die aber auch mit eingeladen wurden. Der junge Mann kam mit einem Blumenstrauß und holte das Mädchen mit einem Schlitten oder dem Taxi ab. Besonders beim ersten Ball war es sehr aufregend.

Dann kam der Frauenvereinsball, zu dem man eine persönliche Einladung brauchte. Man bangte immer und fragte sich, kommt die Einladung oder kommt sie nicht. Da meine Eltern sehr viele ungarische Freunde und Bekannte hatten, wurden wir immer eingeladen. Besonders schön war es auch, wenn man ein Ständchen erhielt. Es war eine Huldigung an das Mädchen, das man verehrte. Natürlich wurde das Ständchen bei den Eltern angemeldet, das Tor an dem Abend nicht zugesperrt, und gerade als man sich ins Bett begeben wollte, begann der Studentenchor unter dem Fenster zu singen. Das Herz klopfte bis zum Hals und vor Überraschung stiegen einem die Tränen in die Augen. Meistens spendierte der Vater des Mädchens dem Chor etwas.

Bei den Bällen saßen die Eltern in den Logen auf den Emporen und feierten mit ihren Kindern mit. Ich hatte mich in einen jungen Mann verliebt und er machte mir den Hof. Michael war meine erste große Liebe. Wir liebten es, Walzer zu tanzen. Bei den Bällen gab es Zitronen- oder Orangenbowle, ein Getränk, in dem der Alkohol mit Sprudel verdünnt worden war und nicht gar so viel anrichten konnte. Allerdings gab es in den Nebenräumen die Möglichkeit, auch noch andere Getränke zu erstehen und es gab Väter, die uns mal ein Glas Sekt spendierten. Alle Veranstaltungen wurden mit Spendengeldern der Eltern finanziert.

Unsere Verwandtschaft war sehr groß. Einmal im Jahr, immer im Juli, feierten wir alle Geburtstage, Namenstage und sonstige Gedenktage bei uns im Garten. Unter den großen Nussbäumen wurde ein langer Tisch gedeckt. Das weiße Tischtuch war obligatorisch, ohne ein solches Tischtuch wurde damals kein Essen serviert. Unmengen von Speisen wurden vorbereitet und in der Gartenlaube deponiert. Jede Art von Getränken wurde herbeigeschleppt. Für die Getränke war allein mein Vater zuständig. Natürlich fehlten die auf dem Nussbaum aufgehängten Papierlampions nicht. Große Geschenke waren verboten und so bekamen nur wir Kinder Schachteln mit Datteln und Feigen oder kandierten Früchten.

Damals hatte jeder Haushalt, der etwas auf sich hielt, ein oder zwei dienstbare Geister. Meistens waren es ungarische Bauernmädchen, die für ein paar Jahre in die Stadt kamen, um sich die Aussteuer zu verdienen. Oft waren sie sehr mit uns verbunden und kamen noch später, wenn sie geheiratet hatten und Bäuerin waren, zu Besuch. Die Köchin meiner Großmutter, die einen Arbeiter geheiratet hatte und in der Stadt geblieben war, kam mindestens zweimal in der Woche und half im Garten und beim Silberputzen. Sie kannte unsere ganze Familiengeschichte, weil sie alles mitbekam und bis zu ihrem Tod Freud und Leid miterlebt hatte. Ihr Mann war Arbeiter in einer Tuchfabrik und außerdem gelernter Gärtner. Er pflegte nebenher die Gärten der Direktoren. Damals gab es für Arbeiter noch keine Altersversorgung und als der arme Mann schon mit 50 Jahren schwer an Rheuma und Gicht litt und selbst den Weg in die Fabrik nicht mehr schaffte, ging ich zu den Direktoren der großen Tuchfabrik und bat sie, dem armen Mann doch monatlich etwas Geld zu geben. Schließlich hatte er doch sein ganzes Leben und seine Gesundheit dem Betrieb und den Direktoren geopfert. Zuerst wurde ich zuständigkeitshalber von einem der Herrn zum anderen geschickt, wie eine Bettlerin behandelt und von allen abgewiesen. Dies wurde später meine Erklärung für den Kommunismus, denn dass der Mann keine Unterstützung erhielt, war in meinen Augen ungerecht. Nur, dass der Kommunismus, den ich dann erleben musste, für die Arbeiterklasse fast genau so wenig tat wie der sogenannte Kapitalismus. Meine Mutter unterstützte das Ehepaar mit Geld und mit Obst und Gemüse aus dem Garten.

Ähnlich war es mit dem Offiziersburschen meines Vaters. Der Mann war von einer unbeschreiblichen Treue zu uns. Nach dem Krieg hatte mein Vater ihm eine Stelle als Geschäftsdiener in einem Geschäft eines Freundes verschafft, wo er bis Ende des zweiten Weltkrieges blieb. Aber es verging keine Woche, ohne dass Radu ins Haus kam und frug, ob er irgendwo helfen könne. An den Gartenzäunen war immer etwas zu reparieren, wurde im oder am Haus etwas renoviert, der Radu kam und half. Als wir klein waren, brachte er uns feinen Sand zum Burgenbauen und Kisten und Schachteln aus dem Geschäft, die sich zum Spielen eigneten.

Die Dienstmädchen, die bei den wohlhabenden Familien in Rumänien arbeiteten, stammten oft aus Ungarn. Sie kamen meistens in die Stadt, um sich die Aussteuer zu verdienen, oft auch, um mit ihrem Lohn die Eltern zu unterstützen. Sie blieben selten länger als drei bis vier Jahre. Meistens wurden sie miserabel behandelt. Wenn ich heute zurückdenke, dass sie noch Kinder von 15 oder 16 Jahren waren und dass sie 14 bis 15 Stunden am Tag arbeiten mussten, dann weiß ich, warum der Kommunismus kam und die Gewerkschaften kommen mussten.

Bei uns wurden sie gut behandelt. Sie bekamen wie unser gesamtes Personal das gleiche Essen wie wir, was nicht selbstverständlich war. In anderen Familien wurde für das Personal separat gekocht und sie erhielten nicht so hochwertiges Essen wie die Herrschaft. Bei meiner Mutter mussten sie auch im Garten arbeiten. Das war nicht sehr beliebt, denn sie waren ja gerade von der Arbeit auf dem Feld bei ihnen zu Hause in die Stadt gekommen. Aber die Gartenarbeit war nur ein Teil der Arbeit. Das andere betraf Hausarbeit, Kochen, Waschen und Hygiene. Meine Mutter versuchte, ihnen alles zu vermitteln, was ihnen später, wenn sie geheiratet hatten, nutzen würde.

In der Nähe unseres Hauses befand sich ein Bäcker, der sehr gutes Brot und Semmel hatte, aber die meisten Hausfrauen machten damals den Teig für das Brot selbst. Der Teig wurde zum Bäcker gebracht und dort im Backofen gebacken. Hinterher wurde die äußere Rinde mit einem stumpfen Messer abgeschlagen und an die Schweine verfüttert. Die Kruste dieses Brotes war goldgelb und schmeckte herrlich.

Kronstadt hatte zwei Synagogen, die in der Burggasse gehörte den orthodoxen Juden, die in der Waisengasse den weltlicheren Juden, mit denen wir öfter in Verbindung waren. Es waren sehr gebildete und vornehme Familien. Man verkehrte mit ihnen wie mit jedem anderen auch. Was man im Textilgeschäft des Herrn Sander nicht fand, versuchte man beim Berbecaru, beim Herrn Schütz oder beim Czink und Verzar zu erhalten. Kein Mensch frug nach der Nationalität oder dem

Glaubensbekenntnis. Wir lebten alle friedlich zusammen.

Mein Vater war mit Herrn Dirk, dessen Kompagnons, einigen angesehenen Kaufleuten und Fabrikanten in einem Kegelklub. Uns Kindern machte es großen Spaß nach einem Kinobesuch oder einer Tanzstunde unsere Väter im Kegelklub heimzusuchen, weil wir dann von ihnen mit Süßigkeiten verwöhnt wurden und auch mitspielen durften. Es ging dort immer unbeschwert und fröhlich zu. Der zweite Lieblingsort meines Vaters war das Café Central in der Klostergasse vis à vis von der Kornzeile, dem Nachmittagskorso der Studenten. Das Café Central war ein ungemein gemütlicher Ort, ein Relikt aus der K.-u.-K.-Zeit. Für einen kleinen Kaffee (türkisch, Kapuziner usw.) konnte man stundenlang dort sitzen und sämtliche Zeitungen und Zeitschriften aus Deutschland und Österreich, sowie die Modejournale aus Frankreich lesen und durchblättern.
Im hinteren Raum konnte man Schach, Tarock und Preference spielen. Dort saß oft mein Vater und wenn ich später dann als junge Frau in der Stadt war, guckte ich immer hinein und setzte mich neben ihn. Ab 20:00 Uhr begann eine Kapelle zu spielen und wenn sich auch Freunde und Bekannte einfanden, blieben wir oft länger und es wurde getanzt. Nach einem Theater- oder Konzertbesuch und nach jedem Ball bekam man hier eine herrliche Korhelyleves, das ist eine Katersuppe aus Krautsuppe und geräuchertem Fleisch.
Wir haben viele fröhliche Stunden dort verbracht. Mit den Jahren wurde dieses Caféhaus meines Vaters zweites Zuhause, denn meine Mutter stritt

immer mehr mit ihm. Die Atmosphäre in unserem Haus war oft so unerträglich, dass ich, noch keine zehn Jahre alt, mir den Tod wünschte.

Weihnachten eskalierte der Streit zwischen meinen Eltern jedes Jahr mehr. Ich begann mich vor dem Fest immer mehr zu fürchten. Spätestens bei den Vorbereitungen zum Fest brach meine Mutter einen Streit vom Zaun. Dann gingen meine Eltern sich aus dem Weg. Jeder legte seine Geschenke unter den Baum und zog sich schnell zurück. Irgendeiner zündete die Kerzen an und dann stand ich allein da. Oft haben Freunde und Verwandte und auch ich versucht, sie zu versöhnen. Manchmal gelang es, aber immer nur für kurze Zeit. Mein Vater war immer versöhnungsbereit, aber er konnte es ihr nie rechtmachen. Ich habe nie erlebt, dass sie sich für ein Geschenk bedankte. Immer wurde es erst kritisiert.

Es war die Zeit, als die Elektrifizierung begann und die Häuser an das Stromnetz angeschlossen wurden. Ich erinnere mich noch an die Petroleumlampen, die wir vorher hatten, an das Schneiden der Dochte, an die verrußten Lampengläser und die schönen Lampenschirme.

Mein Vater hatte ein Faible für elektrische Apparate, und wann immer es neue Apparate gab, kaufte er sie gleich. Ich glaube, meine Mutter war eine der ersten Hausfrauen, die einen Staubsauger zu Weihnachten bekam. Sie schimpfte, tat das Geschenk als Blödsinn ab und bedankte sich nicht. Auch später fand sie kein Wort des Dankes, als sie den Staubsauger ausprobierte und als brauchbar befand. Mein Vater brachte immer wieder neue Apparate mit nach Hause, mal einen Haartrockner, mal ein Rechaud, aber meine Mutter freute sich nicht darüber. Wenn sie den Ehezwist wenigstens für sich behalten hätte, aber sie machte meinen Vater bei allen Freundinnen und Verwandten schlecht. Die meisten liebten ihn und versuchten, zu vermitteln, verteidigten ihn, fanden ihr Verhalten nicht recht. Aber es nützte nichts, oder nur kurze Zeit. Meine Eltern waren beide katholisch. Mein Vater gemäßigt. Er ging am Sonntag in die Kirche, vielleicht nur, weil sie sowieso auf dem Weg ins Kaffeehaus lag. Er stellte sich hinten, gleich beim Eingang hin, machte das Kreuz, legte beide Hände über den Spazierstockknauf übereinander, betete kurz und ging wieder ins Caféhaus. Ich habe ihn nie beichten oder kommunizieren gesehen. Konnte ein Mensch, der vier Jahre Krieg mitgemacht hatte, noch an einen gütigen, barmherzigen Gott glauben?

Im Gegensatz zu meinem Vater war meine Mutter tief gläubig, Auf ihrem Nachtkästchen türmten sich fünf bis sieben Gebetbücher, in der Schublade Rosenkränze und Heiligenbilder.
Sonntags kam es vor, dass sie bis zu drei Mal in die Kirche ging.
Später musste ich auch zur Beichte und Kommunion. Jeden Abend las meine Mutter in ihren Gebetbüchern und betete den Rosenkranz. Morgens war sie sehr früh wach und ging im Sommer schon um fünf Uhr in den Garten, der 1000 qm groß war. Er war von allen Seiten von Bretterzäunen umgeben, an die sich die Gärten der Nachbarn anschlossen. Von den Nussbäumen aus konnten wir über vier bis fünf Gärten bis zur Schokoladenfabrik von

Stollwerck sehen, von wo bisweilen ein herrlicher Geruch herüber wehte.

Im rückwärtigen Teil waren als Hecke Himbeeren gepflanzt, dann kamen Gemüsebeete, Möhren, Petersilie, Spargel, Salate, Kraut usw. Wir sollten eigentlich nicht dorthin, aber die Möhren, so frisch aus der Erde gezogen, schmeckten einfach zu gut. Sie wurden an der Hacke oberflächlich abgekratzt und wenn noch ein wenig Erde daran war und zwischen den Zähnen knirschte, spielte es keine Rolle, es schmeckte trotzdem wunderbar.

Bei den großen Nussbäumen stand eine Laube. Dort spielten wir Kinder Theater. Im Herbst wurden die Nüsse mit langen Latten abgeschlagen und auf dem Boden zum Trocknen ausgebreitet. Vor Weihnachten saßen wir am Abend in der Küche und putzten die Nüsse. Teils für den eigenen Gebrauch aber auch für die Verwandten, denen sie in Leinensäckchen zugeschickt wurden.

So lange die Nüsse noch ganz frisch waren, so dass man auch noch die dünne innere Schale vom Kern entfernen konnte, durften wir sie im Mörser mit Würfelzucker zerstoßen und diese Masse dann auf frisches Brot oder in ausgehöhlte Kipferl stopfen. Das schmeckte uns damals besser als jeder Kuchen oder jede Torte.

Der Weg bis zur Laube und an beiden Seiten des Zaunes war mit Johannisbeersträuchern und Stachelbeersträuchern bepflanzt. Selbst in schlechten Jahren gab es immer weit mehr als 100 kg. Viel wurde für den Winter eingekocht, aber noch mehr verschenkt. Zur Reifezeit erschienen alle Verwandten und dann musste ich im Garten für sie die Früchte abklauben. In den Sommerferien musste ich auch im Garten arbeiten. Graben, jäten, häufeln, Erde auflockern und Holzwolle unter die Erdbeeren legen. Ich meuterte oft und wünschte mir, nie einen Garten zu besitzen. Damals wusste ich noch nicht, was für ein herrlicher Besitz dieses Stückchen Erde war. Die herrlichen, knackigen Kirschen, der Klarapfel mit seinem wunderbaren Duft, der als erster im Frühjahr reifte, die Birnen, Aprikosen, die vielen Sorten Pflaumen, die Herbstsorten von Äpfeln und Birnen, die im Keller auf die Regale kamen und nach denen der ganze Keller duftete. Was waren das doch früher für Haushalte! Was für eine Vielfalt von Aufgaben für eine Hausfrau. Vom Dachboden bis zum Keller wurde im Herbst alles mit Vorräten vollgefüllt.

Meine Eltern machten nie Schulden und lebten nie über ihre Verhältnisse. Im Gegenteil, es wurde eher tiefgestapelt. Angeberei und Großtuerei waren verpönt, das hatte man nicht nötig. Das hatte oft kuriose Folgen, was mich als heranwachsendes Mädchen maßlos ärgerte. Ging man in die Stadt, war man sehr gut bis elegant gekleidet, an Sonn- und Feiertagen ganz besonders. Ging man aber in den Garten, wurden nur alte Kleider und Schuhe angezogen und ein ausgefranster Strohhut aufgesetzt. Meine Mutter sah manchmal wie eine Vogelscheuche aus. Kam dann zufällig Besuch, schämte ich mich in Grund und Boden. Meine Vorwürfe und Proteste änderten nichts daran. Die alten Sachen wurden bei der Gartenarbeit abgetragen. Das war mit ein Grund, warum ich damals den Garten nicht mochte.

Mein Vater war nicht zur Gartenarbeit zu bewegen. Er grub manchmal mit dem Spaten einige Beete um oder half im Herbst dabei, die Nüsse von den Bäumen abzuschlagen. Und er half natürlich im Juli, wenn in unserem Garten die große Feier stattfand. Wir Kinder durften dann länger aufbleiben, spielten in Haus, Hof und Garten und wurden nur von Zeit zu Zeit zur Kontrolle herbeigerufen. So fröhlich, so frei und unbeschwert erlebte ich meine Eltern damals nur noch dann, wenn der Speisezimmertisch ganz ausgezogen wurde, so dass bis zu 20 Personen Platz hatten. Das Silber aus der großen Schatulle für 24 Personen mit eingraviertem Monogramm meiner Mutter, das schöne Porzellan und Kristall schmückten den Tisch. Meine Eltern waren bei diesen Einladungen vollendete Gastgeber. Man spürte nicht, dass sie sich meist stritten.

In meinem Stammbaum befinden sich Deutsche, Ungarn, Rumänen und irgendwo war auch einmal eine Tschechin dabei. Ich hatte ein sehr ausgeprägtes Heimatgefühl, aber kein Nationalgefühl.

In meinem Elternhaus hatte ich gelernt, dass man nur zwischen bösen und schlechten und zwischen guten und liebenswerten Menschen unterscheiden darf. Pauschale Beschuldigungen eines Volkes, einer Religionsgemeinschaft oder Rasse gab es nicht, auch Kritiken nicht.

Heirat bedeutete damals eine Verpflichtung für das ganze Leben. Sicher waren nicht alle Ehen glücklich, aber man blieb zusammen. Die Verfehlungen des Ehepartners waren nie so gravierend, dass man daraus Konsequenzen ziehen musste.

Rückblickend habe ich das Gefühl, dass „Familie" damals das wichtigste war. Vor allem war die

Hilfsbereitschaft innerhalb der Familie, aber auch im Allgemeinen sehr groß und selbstverständlich! Man konnte verschiedener Meinung sein, man konnte sich streiten, aber man blieb einander verbunden.

Eigentlich wollte ich nicht so früh heiraten, aber es machten mir so viele Männer den Hof, dass ich den Sommer über zu Freunden meiner Eltern fuhr, deren einzige Tochter auch meine Freundin war. Dort blieb ich volle zwei Monate und schrieb nur meinen Eltern Briefe. Ich hatte sie gebeten, niemandem zu sagen, wo ich mich befand.

Seit längerem machte mir ein junger Mann den Hof, der mich unbedingt heiraten wollte. Ich hatte ihn aber immer wieder vertröstet, weil ich mich nicht so früh schon binden wollte. Ich war erst 18 Jahre alt.

Ich verbrachte bei meiner Freundin einen wunderschönen Sommer. Klausenburg war nicht weit und die Studenten von der dortigen Hochschule waren in den Semesterferien auch zu Hause, fast alle waren Ungarn und wenn jemand feiern kann, dann sind es die Ungarn. Vormittags trafen wir uns im Stadtpark, nachmittags gingen wir baden und abends gab es Bälle oder Tanz bei schöner Musik im Stadtpark. Wir wurden umschwärmt, flirteten und bekamen Ständchen.

Ich blieb über zwei Monate und wurde von den Eltern genauso verwöhnt wie ihre Tochter. Morgens, wenn wir erwachten, standen auf der Terrasse zwei Liegestühle und neben jedem ein Körbchen mit Obst. Aprikosen, Birnen, Melonen, Trauben, Pfirsiche von einer Größe und einem Geschmack, wie ich sie nie vorher und nie mehr nachher gegessen habe.

Zweites Kapitel

Die Hochzeit

Als ich Ende September wieder nach Hause kam, erzählte mir meine Mutter, dass Robert, der junge Mann, der mich unbedingt heiraten wollte, jede Woche nach mir gefragt hätte. Schon am nächsten Tag erschien er mit einem riesigen Rosenstrauß und machte mir keine Vorwürfe, dass ich ihm nicht einmal geschrieben hatte. Er wollte sich mit mir verloben, ich wollte nicht. Er belagerte mich derart, machte mir teure Geschenke, erschien immer wieder mit Blumen, lud mich zu allerhand Festen ein, oder zu Essen in den Kronegarten, so dass bald jeder wusste, dass er mich heiraten wollte. Als er mir dann bei einem Spaziergang auch noch einen Revolver zeigte und mit Selbstmord drohte, falls ich ihn ablehnen würde, dachte ich, dass er mich wirklich sehr lieben musste.

Meine Mutter favorisierte ihn, mein Vater hielt von seiner Familie nicht viel.

Der Bruder meines späteren Schwiegervaters war Lehrer, hatte zwei Söhne und starb sehr früh. Der eine Sohn hieß Lothar, der andere Ingolf. Meine Mutter war mit der Witwe eng befreundet und diese heiratete später einen Kaufmann aus Hermann-stadt, der sechs Kinder hatte und auch Witwer geblieben war.

Ingolf desertierte während des ersten Weltkriegs und landete in Argentinien, wo er Gutsverwalter auf dem Gut eines ungarischen Adligen wurde. Lothar machte als ganz junger Mann den ersten Weltkrieg mit und wurde später Bankkaufmann in Klausenburg. Als fescher Junggeselle belagerten ihn die Frauen. Er war ein glänzender Gesellschafter. Dieser Lothar war also ein Neffe meines späteren Schwiegervaters, war aber durch die Lebensumstände des Alleinlebens zum Alkoholiker geworden und wurde von seinen Verwandten vollkommen abgelehnt. Wenn er sie besuchte, bekam er bestenfalls ein Mittagessen und alle atmeten auf, wenn er wieder ging.

Eines Tages stand er vor unserer Haustür. Er kannte meine Mutter als gute Freundin seiner Mutter und sagte: Tante, Du musst mir helfen, die Weiber sind hinter mir her.

Es stellte sich heraus, dass man ihn wegen seiner Trunksucht schon lange entlassen hatte und er sich mit Hilfe von Frauen, die meist ein zweifelhaftes Gewerbe betrieben, über Wasser gehalten hatte. Aber nun stand er vor dem Nichts.

In unserem Haus gab es drei kleine Wohnungen, die meine Mutter meistens an mittellose Verwandte vermietete. Es gab nach dem ersten Weltkrieg in Rumänien noch keine Renten. Kurz vorher war eine sehr liebe Tante verstorben, und meine Mutter richtete die frei gewordene kleine Wohnung für Lothar her, der für längere Zeit unser Gast wurde. Wir Kinder liebten ihn sehr, denn er war immer lustig und spielte oft mit uns. Mein Vater verschaffte ihm eine Stelle in einer Bank und er muss ein guter Kenner der Materie und auch fleißig gewesen sein, denn der Direktor der Bank schätzte ihn sehr.

Leider hatte Lothar nach wie vor das Problem mit dem Alkohol. Er verschwand jedes Wochenende und kam stockvoll irgendwann am Sonntagabend wieder. Oft kam es vor, dass er ohne Ausweis, Uhr oder Rock ankam, er hatte alles versetzt. Dann musste mein Vater mit ihm sämtliche Gast- und Wirtshäuser bis zum Bahnhof hinaus abklappern und sein Hab und Gut wieder auslösen. Natürlich schwor er hoch und heilig, nie wieder auszugehen und sich zu betrinken, aber es half alles nichts. Wenn meine Mutter ihm drohte, ihn hinauszu-schmeißen, konnte er so liebevoll schmeicheln und schwören, es nie wieder zu tun, bis sie ihm eines Tages sagte, da helfe nichts anderes, er müsse hei-raten. Natürlich wehrte er sich mit Händen und Füs-sen, aber es half nichts. Meine Mutter lud von Zeit zu Zeit alle ihre Bekannten, die erwachsene, hei-ratsfähige Töchter hatten, ein, bis eines Tages wirk-lich ein nicht mehr ganz junges Mädchen dabei war, die sich in ihn verliebte. Schließlich war er ein gro-ßer gutaussehender Mann.

Der Vater dieses Mädchens hatte als Mechaniker angefangen, war sehr fleißig und hatte ein ansehn-liches Vermögen geschaffen. Sie heirateten und bekamen in dem großen Haus gleich eine Woh-nung. Seine Frau Elena war ein resolutes Frauen-zimmer, die ihren Mann jeden Abend von der Bank abholte und wenn er ihr schon entwischt war, klap-perte sie die Gast- und Wirtshäuser ab, schnappte sich ihren Mann und sie gingen nach Hause. Zu Hause durfte er trinken so viel er wollte. Aber nach einigen Jahren war Lothar kein Trinker mehr.

Nun wurde er auch von seinen Verwandten aner-kannt und da er nicht nachtragend war, freundete er sich mit Robert an. Da zwischen ihm und mir eine sehr innige Freundschaft entstanden war, schon als er bei uns wohnte, wollte er unbedingt, dass ich Robert heiraten sollte und schilderte mir den Mann in den rosigsten Farben.

Da die Ehe meiner Eltern nicht gut war und die Charaktergegensätze so eminent waren, auch einen Punkt erreicht hatten, der mir unerträglich geworden war, willigte ich eines Tages in die Werbungen von Robert ein. Wir verlobten uns im Dezember 1936. Ich war achtzehn Jahre alt. Im Frühjahr 1937 heirateten wir. Elena und Lothar waren unsere Trauzeugen.

Robert war evangelisch, ich katholisch. Wir ließen uns in der Obervorstädter Kirche evangelisch trauen, weil die Katholische Kirche von mir verlangt hatte, einen Revers zu unterschreiben, dass meine Kinder katholisch getauft würden. Das wollte ich nicht.

Meine Mutter hatte den Mietern im ersten Stock gekündigt, und die Wohnung über der meiner Eltern wurde renoviert. Neue Fenster wurden eingesetzt, Parkett gelegt. War früher der Eingang durch die Küche, wurde die Nische, in der der Küchenherd stand, abgetrennt und ein kleiner Vorraum mit Garderobe gemacht. Die Küche wurde gefliest.

Damals wurden Möbel noch beim Schreiner bestellt und per Hand gefertigt.

All diese Vorbereitungen hätten mich eigentlich freuen sollen, aber je näher der Hochzeitstag kam, um so beklemmender wurde mir zumute. Ich hatte das Gefühl, in eine Falle zu laufen, deren Endgültigkeit mir Angst machte. Das Schlimmste war, dass ich mit niemandem darüber sprechen konnte. Ich wollte kein weißes Kleid tragen. Zur kirchlichen Trauung ging ich in einem schwarzen Taftkostüm. Dazu trug ich ein kleines Hütchen mit zwei weißen

Kamelien. Mein Brautstrauß bestand aus riesigen Calla. Zum Festessen waren nur die engsten Verwandten und Freunde eingeladen, und rückblickend kommt es mir so vor, dass fast nur alte Leute da waren. Die Hochzeit wurde nicht bekannt gemacht und auf dem Gang in die Kirche war ich entsetzt, wie viele frühere Schulkolleginnen und Bekannte vor der Kirche und später in der Kirche waren. Es kam mir vor wie ein Spießrutenlaufen. Dazu kam, dass ich das erste Mal hochhackige Schuhe trug und mir die Füße weh taten. Der Pfarrer predigte und predigte, ich begann am ganzen Leib zu zittern und glaubte umzufallen. Endlich war es überstanden, alle glaubten, dass der große Blumenstrauß in meinen Armen vor Rührung und Aufregung gezittert hätte, aber es waren nur die schmerzenden Füße. Von der Predigt hatte ich kein Wort verstanden.

Die standesamtliche Trauung war besser verlaufen und hätte mir vollkommen gereicht. Mit unseren Trauzeugen Elena und Lothar fuhren wir im Taxi über den Marktplatz zum Standesamt. Lothar machte wie immer seine Witze und ließ den Fahrer dreimal das Rathaus umrunden, immer mit dem Satz: „Fahren Sie um den Marktplatz, vielleicht überlegt es sich der junge Mann noch!" Wir lachten, aber am liebsten hätte ich es mir doch noch überlegt und wäre liebend gerne ausgestiegen.

Als wir von der Hochzeitsfeier nach Hause kamen, war das Wohnzimmer noch fast leer. Nur das Schlafzimmer war fristgerecht fertig geworden. Im Wohnzimmer stand nur Roberts Bücherschrank und seine Couch, kein Stuhl, kein Tisch, aber ein sehr schöner Kachelofen, so auch im Schlafzimmer.

In den folgenden Tagen gerieten wir wegen einer Kleinigkeit, die eigentlich nicht der Rede wert war, in Streit und gingen bei einem Ausflug schweigend nebeneinander her. Wir sprachen auch später nie darüber, diese Sache blieb immer offen.

Mit der Zeit war mein Haushalt komplett. Ich stellte ein Dienstmädchen ein, aber auch die alte Köchin meiner Großmutter, eine alte Zugehfrau, die in der Nachbarschaft wohnte, half mir aus, so dass der Haushalt später reibungslos klappte.

Lissy, die jüngste Schwester meiner Mutter, war mit Mann und Sohn zur Hochzeit gekommen, und die Tante half mir die erste Zeit. Zwar hatte ich Haushaltsschulen besucht, konnte aber die Zutaten bei verschiedenen Speisen noch nicht so bemessen. Die Tante war bei mir, wir werkelten in der Küche, ich bückte mich, da wurde mir plötzlich schwarz vor Augen, die Tante fing mich gerade noch auf und half mir bis zum Sofa im Wohnzimmer. Dies wiederholte sich noch ein oder zweimal. Ich weiß nicht, ob man es Robert sagte, aber er bestand eines Tages darauf, dass ich zum Arzt gehen müsse. Also ging ich zuerst zu einem Internisten, dann zu einem Frauenarzt, keiner konnte etwas finden.

1937 gab es in Kronstadt nur ein einziges Röntgengerät und dieses besaß das Diakonissenkrankenhaus. Nun musste ich dorthin und Robert hatte vier Ärzte hinbestellt, die mich gründlich untersuchen und Röntgenaufnahmen machen sollten. Unter anderen hatte er auch einen Orthopäden hinzugezogen. Ich wurde also nach allen Regeln der damaligen Ärztekunst untersucht mit dem Ergebnis, ich hätte eine verkappte Rückenmarktuberkulose und müsse für ein Jahr in ein Gipsbett.

Auf dem Weg nach Hause ging ich mit Robert durch die Burzengasse, die Schwiegereltern hinter uns mit hängendem Kopf, denn sie wollten das Resultat der Untersuchungen auch wissen und dachten sich wahrscheinlich, was hat unser armer Sohn da geheiratet.

An der Ecke zur Michael-Weißgasse ließ ich sie alle stehen und lief zu einem Arzt, einem Freund meiner Eltern, wartete in seiner Wohnung bei seiner Mutter bis er auch für mich Zeit hatte, und erzählte ihm, was mir gesagt worden war, gab ihm auch die Befunde und Röntgenaufnahmen und was die Ärzte empfohlen hatten. Um keinen Preis der Welt wollte ich mich für lange Zeit in ein Gipsbett legen lassen. Er rief einen Freund und Röntgenologen an, der vor kurzem einen neuen Röntgenapparat gekauft hatte und wir gingen zu ihm, dessen Praxis unweit war. Er machte zwei Aufnahmen und beide Ärzte waren der Meinung, dass das mit der verkappten Rückenmarktuberkulose nicht stimmen könne. Überhaupt könne man nach so schlechten Aufnahmen aus dem Diakonissenheim keine solche Diagnose stellen.

Zu Hause erzählte ich meinen Eltern die ganze Geschichte und meine Mutter machte den Vorschlag, beide Diagnosen zusammen mit den Aufnahmen der Tante nach Budapest zu schicken und sie zu bitten, die Aufnahmen dort einem Professor zu zeigen.

Zwischen Robert und mir herrschte zwar keine Funkstille, aber auch keine sonderliche Gesprächigkeit. Ich lebte weiterhin wie zuvor, machte meine Arbeit, ging schwimmen und wenn mir ein wenig schwarz vor den Augen wurde, legte ich mich hin und es verging bald wieder. Heute nehme ich an, dass ich wahrscheinlich sehr blutarm war, was über den Sommer, wenn ich viel Obst und Gemüse aß, nachließ, oder vielleicht ganz verging und im Frühjahr als eigenartige Schwäche wieder kam.

Nach circa drei Wochen kamen die Röntgenaufnahmen mit den Befunden mit einem Schreiben des Professors zurück. In dem Schreiben stand, die Herren des Consiliums sollten sich ihr Schulgeld zurückzahlen lassen. Nach so schlechten Röntgenaufnahmen könne man überhaupt keine Diagnose stellen und die zweiten zeigten keine Spur von einer verkappten Rückenmarktuberkulose. Von nun an wurde über dieses Thema überhaupt nicht mehr gesprochen. Ich vertuschte meine Schwächeanfälle, was mir ganz gut gelang, nur große Bergtouren und anstrengende Skiausflüge mochte ich nicht, meine Kräfte ließen immer sehr schnell nach. Nun war Robert aber ein leidenschaftlicher Bergsteiger, dazu einer, der nicht gerne die ausgetretenen Pfade ging, sondern nach der Karte, das heißt, dass man viele Umwege gehen musste, oft ein gutes Stück zurück, um weiter westlich oder östlich zu gehen. Solche Ausflüge waren mir verhasst. Ich wollte immer ein Ziel haben, wo ich mich ausruhen konnte. Dies führte öfter zu Streitigkeiten, weil ich mich übermüdet auf einen Stein oder Baumstumpf setzte und einfach nicht mehr weiter wollte oder konnte.

Einmal ließ mir Robert von einem Schuster wunderschöne Haferlschuhe machen. Als ich das erste Mal mit ihnen loszog, sollten wir wieder so eine lange Tour machen. Die Schuhe drückten mich überall. Ich wollte nicht mehr weiter gehen. Erst nach langer Zeit, als auch die anderen Teilnehmer mich baten, doch endlich weiter zu gehen und ich den kürzesten Weg ausgehandelt hatte, gingen wir weiter. Am Abend zu Hause musste Robert mir die Schuhe ausziehen und war entsetzt. Beide Füße waren blutig, dass es schon aus den Schuhen quoll. Von da an musste ich nicht mehr mitgehen.

Alle Sonntage und Feiertage gehörten wieder mir und ich konnte tun und lassen, was ich wollte.

Am zweiten Tag nach meiner Hochzeit kamen Freunde meiner Eltern zu Besuch und wollten Robert kennen lernen, aber er wollte nicht zu ihnen kommen.

Später stellte ich fest, dass meine Schwiegereltern überhaupt keinen gesellschaftlichen Verkehr hatten, was in vollkommenem Gegensatz zu meiner Familie stand. Die befreundeten Damen der Gesellschaft meiner Eltern hatten jede ihren Jour, das heißt, dass sie an einem bestimmten Tag in der Woche, oder im Monat zu Hause und zum Empfang von Gästen bereit waren. Das war kein Kaffeekränzchen, im besten Fall wurde nur eine ganz kleine Tasse türkischer Kaffee oder ein Löffel Sorbet in einem Glas mit kaltem Wasser oder Obst serviert. Auch die Kinder durften mitgebracht werden, die im Hof oder Garten spielten.

Einladungen bei meiner Schwiegermutter gab es kaum. Robert lernte erst durch mich freundschaftliches und gesellschaftliches Leben kennen und wurde dann zu einem erstklassigen Gastgeber, der das gesellschaftliche Leben genoss.

Drittes Kapitel

Das Honterusfest

Nach Beendigung des Gymnasiums besuchte ich eine private Handelsschule, danach versuchte ich lange Zeit vergebens, eine Stelle zu bekommen. Es herrschte Arbeitslosigkeit. Ich kann mich nicht erinnern, dass man damals Arbeitskräfte über Zeitungsartikel suchte. Von Bekannten und Verwandten erfuhr man, dass hier oder dort jemand für diese oder jene Arbeit gesucht wurde. Erfuhr ich über meinen Vater oder andere Leute von einem freien Posten, ging ich hin und stellte mich vor. Es waren fast ausschließlich Männer, die ein Unternehmen leiteten oder Personalchef einer Firma waren. Begegnete ich begehrlichen Blicken oder gar anzüglichen Bemerkungen, war der Fall für mich erledigt.

In den Nachbarhäusern hatten wir sehr nette Nachbarn. Es waren Grundstücke, die meiner Großmutter gehört hatten. Hingegen auf dem Grundstück, das meine Großmutter erst sehr viel später verkauft hatte, also schon unter rumänischem Regime, wohnten in dem Haus oft Menschen, die aus unserem Garten dauernd stahlen, oft mussten wir das Obst halbreif abklauben, weil sonst am nächsten Tag nichts mehr da war. Einmal banden wir unseren ungarischen Schäferhund mit seiner Kette an einen langen Laufdraht, damit sich niemand in den Garten trauen sollte. Am nächsten Tag fanden wir ein Wurstbrot, durch das eine mindestens zehn cm lange Nadel durchgesteckt war, in seiner Nähe.

Gott sei Dank war es weiter gefallen und er konnte es nicht erreichen. Da brachten wir unseren Hund wieder zurück in den Hof zu seiner Hundehütte. Die Leute hätten ihn früher oder später vergiftet.

Endlich bekam ich eine Stelle als Buchhalterin, aber erst dann, wenn die Frau, die den Posten inne hatte und hochschwanger war, den Posten aufgeben müsste. Bis dahin sollte ich im Geschäft, das einen Buch- und Zeitungshandel betrieb, an der Kasse als Kassiererin arbeiten. Es war, auch aus heutiger Sicht, ein sehr schönes Geschäft. Da die Kasse in der Nähe der Ein- und Ausgangstür war, konnte man mich auch vom Gehsteig aus gut sehen. Bald kamen Männer, kauften eine lächerliche Kleinigkeit und versuchten manchmal mit mehr oder weniger Taktgefühl mit mir in Verbindung zu kommen. Kurz vor Geschäftsschluss spazierten dann einige Männer vor dem Geschäft auf und ab und versuchten, mich zu begleiten. Ich wurde oft auf die plumpeste Art und Weise angesprochen. Ich war todunglücklich.

Als sich die Schwangerschaft meiner Vorgängerin hinauszog und sie mir zu verstehen gab, dass sie nach der Geburt des Kindes wieder auf ihren Posten zurückkehren würde, kündigte ich. Der täglichen Bedrängnis von den Männern war ich nicht gewachsen, besonders als es im Herbst und Winter schon dunkel war, als der Laden geschlossen wurde. Damals hatte Robert begonnen, mir den Hof zu machen, und ich war froh, wenn er mich abholte. Als ich dann verheiratet war, gewöhnte ich mich langsam an den Gedanken, dass die Tatsache an einen Menschen gebunden zu sein, etwas anderes war als an Liebesversprechungen zu glauben, von denen später keine Rede mehr war. Mein Haushalt lief inzwischen wie am Schnürchen, aber ich lebte ein Leben für mich allein.

Im Sommer 1938 fuhren Robert und ich in ein Kneippsanatorium in „Freck" in der Nähe von Hermannstadt. Robert hatte vier Wochen Urlaub und da er ständig mit Magen- und Darmproblemen zu tun hatte, wollte er sich dort auskurieren.

Das kleine Schloss mit Park hatte dem Baron von Bruckental gehört. Da er wohl keine Nachkommen hatte, vermachte er das Schloss in Freck und auch das in Hermannstadt der evangelischen Kirche.

Die Gäste des Sanatoriums wurden vom Bahnhof mit der sanatoriumseigenen Kutsche abgeholt. Schwester Luise frug uns, wo wir lieber wohnen wollten, im Schloss oder in der Orangerie. In der Orangerie mitten im Garten gefiel es uns besser. Dort wuchs auch das Gemüse und die Kräuter, die in der Küche verwendet wurden. Wir hatten ein ebenerdiges Zimmer und schliefen bei offenem Fenster. Morgens war der Duft unbeschreiblich schön. In der Orangerie befanden sich auch die Bäderabteilungen.

Robert wurde um 6 Uhr morgens im Bett kalt abgerieben und durfte dann weiterschlafen. Mich holte die Schwester Luise zur selben Zeit zum Waldlauf. Nach dem Waldlauf wurde geturnt und wir liefen barfuß auf der Wiese.

Zum Frühstück und zu den Mahlzeiten wurde im Schloss eine Glocke geläutet. Im Speisesaal standen sechs oder acht gedeckte Tische, an deren Seite jeweils der Arzt, seine Frau, Schwester Luise und andere Schwestern saßen.

Vormittags gab es immer noch Halbbäder und kalte und warme Waschungen. Der Baron von Bruckenthal hatte viele seltene Bäume und Pflanzen aus dem Ausland holen lassen. Der Park war ähnlich wie der in Schönbrunn angelegt. Wenn wir uns ein schönes Plätzchen ausgesucht hatten, wurden dort die Liegestühle bestückt mit warmen Decken aufgestellt, und so wie jemand aus den Anwendungsgebäuden kam, war sofort jemand vom Personal da und wickelte jeden in seine Decken. Das war so wohltuend, dass man sofort einschlief.

Nach dem Essen konnte man wieder ein Stündchen ruhen, dann konnte man spazieren gehen. Eines Tages traf ein eleganter, sehr wohlhabender Herr im Sanatorium ein. In einem Moment, da ich allein auf der Liege lag, kam er auf mich zu, erklärte, dass er sich in mich verliebt hatte und sagte, ich solle alles stehen und liegen lassen und mit ihm davonfahren. Er könne mir alles neu kaufen. Ich solle meinen Mann verlassen und ein neues Leben an seiner Seite beginnen. Für mich war das undenkbar, denn für mich galt das Treueversprechen bei der Hochzeit. Ich lehnte ab und als ob Robert etwas geahnt hatte, wich er mir kaum noch von der Seite.

Viermal war ich mit Robert in Freck, das fünfte Mal wollte ich nicht mehr mit, obwohl die Kur mir sehr gut getan hatte und ich mich dort immer sehr wohl gefühlt hatte, doch es war auch etwas langweilig für mich gewesen. Anstatt wie andere dort Reden Hitlers im Radio anzuhören, saß ich lieber auf meinem Ruheplatz und las.

Robert fuhr schließlich allein in das Sanatorium und ich fuhr zu Freunden nach Busteni. Der Gatte meiner Freundin arbeitete dort in der großen Papierfabrik des Fabrikanten Herrn Schiel. Es waren sehr schöne Wochen, die ich dort verbrachte.

Robert freundete sich in Freck mit einem jungen Pfarrer und zwei jungen Mädchen an. Sie machten zusammen Ausflüge und auch später, als er wieder zu Hause war, traf er sich mit ihnen und sie unternahmen gemeinsam Ausflüge in die Berge. Die Ausflüge dauerten zwei, drei oder auch vier Tage und ich blieb an den Feiertagen öfter allein. Eines Tages berichtete mir eine Nachbarin, sie habe Robert gesehen, der mit einem Kuchenpaket vom Bäcker zu einem der Mädchen ging. Robert hatte ein Verhältnis. Es störte mich nicht. Eines Tages ging ich allein ins Kino. Mein Schwiegervater kaufte eine Tüte Bonbons, redete meinem Mann ins Gewissen und sagte, er solle jetzt sofort ins Kino gehen, sich neben mich setzen und mir die Bonbons anbieten. Als der Film gerade begann, raschelte es neben mir und Robert bot mir Bonbons an. Er hatte auf seinen Vater gehört. Wir arrangierten uns.

Ende der dreißiger Jahre bauten die Kronstädter Sachsen im Stadtteil Bartholomä ein Strandbad. Kronstadt hatte bis dahin noch kein Schwimmbad, wollten wir bei schönem Wetter schwimmen gehen, mussten wir entweder mit der alten Trambahn in die Dyrste fahren, circa zehn km von Kronstadt entfernt, oder einen Tagesausflug, teils mit Bus und noch eine Stunde zu Fuß ins Zeidner Waldbad gehen. Aus diesem Grund konnten die Kronstädter auch nicht schwimmen. Anders die Hermannstädter, die noch unter Österreich-Ungarn ein großes Hallenbad und einen See in der Nähe hatten.

Es wurde bekannt gemacht, dass man durch eine bestimmte Summe Aktionär des zu bauenden Strandbades werden könne, um dann später ohne Eintrittsgeld dort baden zu können. Mein Vater wusste, wie gerne ich schwimmen ging und kaufte mir so eine Aktie. Als das Bad eröffnet wurde, war ich eine der Ersten, die ins Bad gingen. Die Bushaltestelle war direkt vor unserem Haus und die Endstation vor dem Bad. Zu der Zeit hatte meine Mutter eine kleine Wohnung an ein Ehepaar vermietet. Der Mann war in der Tuchfabrik „Scherg" tätig und seine Frau wurde bei mir Köchin. War das Wetter schön, schickte sie mich baden. Wir besprachen das Mittagessen, ich packte meine Sachen und fuhr baden. Robert kam immer gegen halb eins nach Hause. Ich war schon um zwölf Uhr da. Verließ er gegen drei Uhr das Haus, fuhr ich anschließend ins Bad. Robert hatte ich öfter aufgefordert, auch mitzukommen, aber er lehnte immer wieder ab, ohne mir zu sagen, dass er nicht schwimmen konnte.

Als Lothar ihn an einem Sonntag intensiv bekniete, doch auch mitzukommen, gestand er, dass er nicht schwimmen könne. Nun musste er erst recht mitkommen und Lothar und ich brachten ihm das Schwimmen bei. Nun war er Derjenige, der immer baden fahren wollte, wenn das Wetter gut war. Ich musste Brötchen mitnehmen und warmes Essen gab es am Abend. Er konnte mit dem Bus vom Marktplatz direkt bis zum Bad fahren.

Das Wasser für das Bad wurde aus einem artesischen Brunnen aus der Tiefe geholt. Wurde das Wasser gewechselt, was alle 14 Tage der Fall war, war es die ersten Tage immer sehr kalt, ich glaube keine 18 Grad. War das Wetter schön, erwärmte es sich sehr bald. War ich früher mit meiner Mutter im Sommer immer am Schwarzen Meer, so fand ich in dem Bad alles, was mir Spaß machte, wir dachten nicht daran, irgendwohin zu fahren.

Als die Kommunisten es später enteigneten, war ich nie wieder dort, am Anfang wurde es von der Bevölkerung überlaufen, es verdreckte und wurde dann irgendwann gesperrt. So eine Anlage braucht viel Pflege und Wartung, das verstand und organisierte man nicht. Das Bad verkam.

Die Kronstädter Siebenbürger Sachsen hatten auch circa zehn km von Kronstadt entfernt vor einem Waldgebiet eine große Wiese, die sog. Honteruswiese. Honterus war Humanist und evangelischer Theologe und der Reformator der Siebenbürger Sachsen. Auf der Honteruswiese wurde jedes Jahr zehn bis vierzehn Tage nach Schulschluss das Honterusfest gefeiert. Es war das größte und schönste Fest des Jahres. Alle deutschen Schulen, alle Vereine, alle studentischen Verbindungen, fast alle Deutschen nahmen an diesem Fest teil. Alle hatten ihre ganz bestimmten Treffpunkte, Schüler im Schulhof, oder vor der Schule auf dem Honterusplatz, Vereine und Verbindungen rund um das Rathaus. Die Meisten hatten ihre Musikkapellen dabei und so ging es erst durch die Stadt. Die Studenten in ihrem Flaus und den roten und grünen Studentenkappen, die Mädchen in ihrer Kronstädter Tracht, die Frauen in ihren wunderschönen Patriziertrachten. Auf der Wiese hatten das blaue Kreuz und andere Organisationen Zelte aufgestellt. Die Studenten aus grünen Zweigen. Später marschierte man zur Honterusquelle, wo ein Pfarrer oder Schulleiter eine Rede hielt, dann wurde das Siebenbürgerlied oder andere Heimatlieder gesungen. Auf dem Festplatz wurden inzwischen „Flecken" und „Baumstritzel" über Holzkohlenfeuer gebacken, herrliche Siebenbürger Spezialitäten. Am späten Nachmittag marschierte man zurück in die Stadt.

Als ich nach Jahren unter dem Kommunismus die Wiese wieder aufsuchen wollte, fand ich sie nicht wieder, sie war vollkommen mit hässlichen Plattenbauten verbaut, auch die Quelle fand ich nicht wieder. Alles war unwiederbringlich zerstört.

So wie man nach der Beerdigung eines geliebten Menschen den Friedhof verlässt, so weh tut einem das Herz, wenn man erlebt, wie herrliche Natur und liebgewordene Orte zerstört werden.

Lothar und Elena wohnten nicht weit von uns entfernt und wir waren häufig zusammen.

Lothar redete Robert zu, den „Contabil autorizat" zu machen. Dazu gehörte, dass er eine Prüfung in Bukarest vor einem bestimmten Komitee abzulegen hatte. Damit hatte er das Recht, bei Firmen den Jahresabschluss mit Bilanz zu machen. Mit dem Einverständnis seines Chefs suchte sich Robert eine Reihe von Firmen und Kaufleuten, denen er die Jahresabschlüsse und manchen auch die Buchhaltung machte. Da ich auch Handelsschule gemacht hatte, gab er mir die Buchhaltung über das Jahr von kleineren Kaufleuten.

Von da an spielte Geld bei uns keine Rolle, besonders am Jahresende verdiente Robert sehr viel.

49

Viertes Kapitel

Die Reise nach Wien, München und Budapest

Der jüngste Bruder meines Mannes Alexander studierte in Deutschland Maschinenbau. Als er nach Deutschland gegangen war, war seine Zwillingsschwester Maria mitgekommen. Die Beiden hatten sich immer gut verstanden. Sie führte ihm zunächst den Haushalt, lernte dann einen jungen Mann in Deutschland kennen und heiratete. Im Juni, Juli wollten wir Alexander und Maria besuchen. Deutschland befand sich schon im Krieg, von dem wir aber in Siebenbürgen noch nichts spürten. Es gab bei uns noch alles im Überfluss.

Inzwischen hatten wir unter den deutschen sogenannten Lehrtruppen einige gute Freunde. Robert half ihnen, Lebensmittelpakete an ihre Angehörigen in Deutschland zu schicken. So auch dem deutschen Konsul, wir hatten in Kronstadt auf der Schoßberzeile ein deutsches Konsulat.

Die Siebenbürger Sachsen fühlten sich seit jeher fest an Deutschland gebunden. Sie ließen ihre Kinder in Deutschland studieren, in den ärztlichen Praxen gab es nur Apparate von Siemens und anderen großen, bekannten Firmen. In den deutschen Geschäften gab es nur Waren aus Deutschland.

Ein Onkel und eine Tante von Robert waren fanatische Hitleristen. Robert mochte es, fast jeden Sonntag nachmittags zu ihnen zu gehen, wo leidenschaftlich und laut politisiert wurde. Als wir ihnen sagten, dass wir nach Deutschland fahren wollten, um Alexander und Maria zu besuchen, behauptete die Tante, dass wir ohne die Einwilligung der Partei kein Visum bekommen würden. Da lachte Robert und sagte, dass er ihr beweisen werde, dass er auch ohne die Partei das Visum für Deutschland bekäme. So war es auch. Robert hatte vier Wochen Urlaub, wir packten acht große Koffer, denn Alex hatte vorher geheiratet, oder hatte die Absicht zu heiraten, jedenfalls schickten ihm seine Eltern fast eine ganze Ausstattung, dazu noch eine Menge Lebensmittel und natürlich auch viele Geschenke für Maria.

An die meisten Züge, die damals nach Deutschland fuhren, waren Urlauberwaggons angekoppelt.

Mein Onkel Konrad, meines Vaters älterer Bruder lebte noch in Wien und wir wollten ihn besuchen. Auf dem Wiener Bahnhof gab es zu der Zeit schon keine Taxis mehr, nur kleine Sammelbusse für bestimmte Hotels. Hatte man nichts vorbestellt, luden sie den Gast dort ab, wo sie noch freie Zimmer vermuteten und wo es am teuersten war. Ich glaube, wir wurden ins Ambassador Hotel gebracht. Es war ein sehr schönes und vornehmes Hotel, überladen mit Perserteppichen. Im Badezimmer befanden sich sogar zwei Badewannen, alles war doppelt und sehr groß, auch die Räume.

Am nächsten Morgen riefen wir meinen Onkel an und als wir ihm sagten, wo wir wohnten, frug er, ob wir unter die Hochstapler gegangen seien. Ich kannte ihn noch nicht, lernte aber einen sehr lieben und netten Menschen kennen. Ich weiß nicht mehr wie lange wir damals in Wien blieben, weiß aber noch, dass es mit den Lebensmitteln schon sehr dürftig war. Der Onkel führte uns in den Ronacher, in den Wintergarten, wo es ein sehr amüsantes Programm gab. Wir waren in Schönbrunn und sahen in der Reitschule die Lipizzaner. Als ich einen Monat später wieder in Wien war, waren sie schon ausgesiedelt.

Robert deponierte bei meinem Onkel eine größere Summe für den Fall, dass wir wieder einmal nach Wien kommen würden. Auf meiner Rückfahrt machte ich nochmals Halt in Wien, um mir beim ungarischen Konsulat ein Visum für Ungarn zu beschaffen, was zu der Zeit gar nicht so leicht für rumänische Staatsbürger war.

Von Wien fuhren wir nach München und wurden im Bayerischen Hof abgesetzt. Hier gab es noch weniger Autos am Bahnhof, auch spürte man den allgemeinen Mangel noch viel mehr. Gezwungenermaßen mussten wir zu den Mahlzeiten in Restaurants gehen. Speisekarten gab es nicht mehr, man bekam etwas vorgesetzt, was man oft auch nicht identifizieren konnte. Ich glaube, wir hatten von irgendwoher Lebensmittelkarten bekommen, da wir keine Erfahrung damit hatten, gingen wir sehr großzügig damit um. In den Auslagen der Geschäfte sah man noch hie und da hübsche Sachen, aber kaufen konnten wir nichts.

Von München aus verständigten wir Alexander und Maria, dass wir zu ihnen fahren würden. Da sie schon seit Kriegsbeginn von Robert wöchentlich mindestens drei Lebensmittelpakete bekamen, und wir ihnen noch mal eine Menge mitgebracht hatten, konnte ich die Zeit, die wir bei ihnen verbrachten, immer gut kochen. Waren wir bei Freunden von ihnen eingeladen, lieferten wir immer die Zutaten.

Eines Abends läutete es an der Tür, zwei große Feldjäger oder Grenzsoldaten standen davor, sie baten, hereinkommen zu dürfen, um sich umzusehen, sie verfolgten einen Mann, der flüchtig war. Unter anderem öffneten sie auch die Speisekammertür und sahen dort die vielen Lebensmittel, von der Decke hingen die Stangen Salami. Die Männer machten verblüffte Gesichter, aber zum Glück hatten Alex und Maria die ganzen Umschlagpapiere der Postpakete aufbewahrt, die sie ihnen jetzt zeigten. Auch konnten sie sich als noch rumänische Staatsbürger ausweisen, wonach die Männer das Haus verließen.

Als ich einmal das Radio einschaltete und nach Sendern suchte und einen ausländischen erwischte, sprang mein Schwager mit entsetztem Gesicht hinzu und schaltete ihn ab: „Willst Du, dass wir verhaftet werden?" Damals konnte ich es nicht verstehen. Später unter sowjetischer Besetzung erfuhr ich, was es bedeutete.

Robert hatte nur einen Monat Urlaub, er musste wieder nach Hause. Wir fuhren zusammen nach München, unterbrachen die Fahrt für ein paar Tage und wohnten wieder im Bayerischen Hof. Dann fuhren wir nach Wien. Ich ging zu meinem Onkel und Robert fuhr nach Hause. In Wien war mein erster Weg zum Ungarischen Konsulat. Ich wollte ein Visum für Ungarn, um dort meine Tante und meine drei Cousins zu besuchen. Ich ahnte nicht wie schwer das war und was mir dadurch passieren würde.

Fast täglich fuhr ich zum ungarischen Konsulat und wurde immerzu mehr oder weniger freundlich abgewiesen oder vertröstet. Die Ungarn sind große

Patrioten, aber sie gehören nicht zum Balkan. Wo hingegen die Rumänen, trotz ihrer deutschen Könige, zum Balkan gehören, wo Bestechlichkeit, Schmiergelder sprich Bakschisch zum Lebensstil gehören.

Vor dem Parlament in Budapest, sowie beim Millenium-Denkmal wurden nach 1918 bis zu Beginn des zweiten Weltkrieges große Blumenbeete angelegt, die durch verschiedenfarbige Blumen die Landkarte des früheren Ungarn zeigten, mit dem abgetrennten Siebenbürgen und Banat, darunter auch aus Blumen und Pflanzen der Satz – nem, nem soha. Das bedeutete, nein, nein, niemals, wir vergessen nie. Außen an der Eingangstür eines jeden ungarischen Patriotenhauses befand sich eine eingerahmte Karte. Auch auf dieser Karte stand nem, nem soha, auch bei meiner Tante, obwohl ihr Vater Rumäne gewesen war.

Endlich, eine Woche bevor ich wieder nach Hause musste, bekam ich das Visum, fuhr sofort ab und fiel in Budapest meiner geliebten Tante noch am selben Tag in die Arme.

Ein entfernter Verwandter bat mich, bei meiner Rückreise einen einkarätigen Brillantring und eine Armbanduhr, die auch in Brillanten gefasst war, für seine Tochter, die bald heiraten würde, mitzunehmen. In meiner Harmlosigkeit und Naivität nahm ich die Dinge, legte sie in das Etui meines eigenen Schmuckes, nachdem ich sechs schöne Tage bei meinen Verwandten verbracht hatte und fuhr wieder nach Hause.

Ich stellte fest, dass ich in dem langen Zug die einzige Person war, die einen Aufenthalt in Ungarn hatte. An der Grenze kamen plötzlich ein paar

Zollbeamte in mein Abteil, durchwühlten mein Gepäck, zwangen mich zum Aussteigen und führten mich in ein schäbiges Zollgebäude. Dort hielten sie mir meinen ganzen Schmuck unter die Nase, behaupteten, dass ich den aus Ungarn herausschmuggeln wollte und dass ich eine Spionin sei. Als ich sie bat, sich zu beeilen, ich müsse mit dem Zug zurück, da mein Mann mich in Kronstadt zu einer bestimmten Zeit erwarte, wurde mir mitgeteilt, dass der Zug längst ohne mich fort sei, dass man mich zurück nach Budapest befördern werde und ich dort vor Gericht gestellt werden würde. Mein Gepäck wurde beschlagnahmt und ich wurde in einen Raum mit einem dreckigen Eisenbett, einer schmutzigen Waschschüssel auf dem Eisenständer und Milliarden von Fliegen gesperrt.

Mein Verstand arbeitete fieberhaft, plötzlich sah ich durch das Gitterfenster einen deutschen Offizier auf das Zollhaus zukommen. Ich rief ihm zu, er kam an das Fenster und ich erzählte ihm, was mir passiert war.

Dieser Mann war mein Retter. Es verging kaum eine Stunde und ich wurde aus der Arreststube entlassen, erhielt mein Gepäck zurück und konnte mit dem nächsten Zug abreisen.

In Kronstadt kam ich zwei Tage später an, denn der Zug, mit dem ich fuhr, hatte sehr lange Aufenthalte an vielen Bahnhöfen. Robert war diese Tage zu jedem Zug, der aus Richtung Arad kam, mit seinem Vater auf den Bahnhof gefahren und hatte manchmal stundenlang gewartet. In seinen Armen löste sich die Nervosität und Anspannung der letzten Tage. Später konnte ich der jungen Braut den Brillantschmuck unbeschädigt übergeben.

Schon in Budapest war mir der Unterschied in der Versorgungslage zwischen Deutschland, Österreich und Ungarn aufgefallen. Es war erschreckend. Dort sah man keine Lebensmittel zum Verkauf angeboten, die Markthalle in Budapest quoll über von Lebensmitteln, in Ungarn herrschte kein Mangel, weder an Speisen noch an sonstigen Waren. Siebenbürgen war ein reiches Land, bei uns spürte man auch fast nichts vom Krieg. Damals schon wusste ich, dass Deutschland den Krieg verlieren würde.

Natürlich sagte ich dies auch meinem Mann, meinem Vater und überall, wo die Sprache auf Deutschland und den Krieg kam, und das war täglich und überall. Die Antwort war immer die gleiche: das verstehst du nicht. Freilich, ich war jung, knapp über 20. Aber ich verstand die Menschen nicht, sie rannten offenen Auges ins Unglück.

Als einige deutsche Geschäfte bei uns den Zettel "Juden unerwünscht" an ihre Auslagen hefteten, waren meine Eltern und ich entsetzt. Es wurde sehr still bei uns, wir hatten wohl noch oft Gäste, aber es wurde nie mehr klaviergespielt, gesungen und geblödelt. In Rumänien waren viele deutsche Soldaten und Offiziere. Auch wir hatten Freunde unter ihnen, Robert und ich verhalfen ihnen dazu, Lebensmittelpakete nach Hause zu schicken. Meine Küche sah zeitweilig wie ein Lebensmittelladen aus, Verpackungsmaterial, Konserven, Salami, usw. Robert hatte bei einem Freund, der eine Seifenfabrik hatte, dem er Talg und Knochen geliefert hatte, Kontakte. Als der Umsturz eintrat, hatten wir noch 5000 Toilettseifen, von denen er auch immer welche in die Pakete verpackt hatte.

Fünftes Kapitel

Der Umsturz und der Krieg

Zu einer Zeit als es noch nicht absehbar war, hatte ich zu Robert gesagt: es wird der Tag kommen, an dem Du aufwachst und keine deutsche Uniform mehr auf der Straße sehen wirst. Genau so kam es. 1941 trat Rumänien an der Seite Deutschlands in den Krieg gegen die Sowjetunion ein. Am 23. August 1944 wurde König Michael zur Abdankung gezwungen. Die Rumänen kapitulierten, der König verließ das Land, der Ministerpräsident wurde verhaftet, wahrscheinlich mit ihm auch noch andere aus dem Ministerium, falls sie nicht geflüchtet waren, und er kam nach Jilava, ins berüchtigste Gefängnis von Bukarest und wurde dort umgebracht.

Marschall Antonescu verschwand. Rumänien schloss mit den Alliierten einen Waffenstillstand ab. Nur wenige Tage später erklärte Rumänien dem Deutschen Reich, das bis dato Bündnispartner Rumäniens gewesen war, den Krieg. Die Entscheidung Rumäniens traf die Deutsche Reichsregierung überraschend. Man hatte sich darauf nicht vorbereitet und unzählige deutsche Soldaten, die zusammen mit rumänischen Soldaten gekämpft hatten, gerieten in Gefangenschaft. In Kronstadt hatten sich die deutschen Truppen in die deutschen Schulen zurückgezogen, wo in den Höfen die Lastfahrzeuge beladen wurden und von da unbehindert den Rückzug antraten. Viele Familien flüchteten mit, viele versorgten ihre Kinder mit Geld und dem

Nötigsten und schubsten sie im letzten Moment auf die beladenen Truppentransporter.

Ich lief die Straße auf und ab und versuchte Freunde, Verwandte und Bekannte zu fragen: bleibt Ihr oder geht Ihr? Immer dasselbe. Viele waren schon fort, andere blieben. Ich kam nach Hause und bat meine Mutter händeringend, nur das Nötigste zu packen und versuchte, sie zur Flucht zu überreden. „Flüchtlingsleben ist das Schlimmste, ich verlasse mein Haus nicht." Also blieb auch ich. Robert hatte ich versucht, auch dazu zu überreden, Männer schienen mir mehr gefährdet als Frauen. Ich hatte ihm ein Köfferchen mit dem Allernötigsten gepackt. Spät am Abend stand er plötzlich mit seinem Bruder Herbert vor der Tür. Ich war entsetzt und schickte sie fort zu ihren Eltern, deren Haus etwas außerhalb der Stadt nicht so eine exponierte Lage hatte wie unser Haus. Einige Tage später marschierten die sowjetischen Soldaten in Achterreihen mit Panzern und Stalinorgeln in Kronstadt ein. Ich stand am Fenster und sah es mir an. Ich hatte Angst. Eine frühere Schulfreundin war bei mir, meine Wohnung sah aus, als wollte ich in absehbarer Zeit umziehen. Seit den Bombenangriffen hatten wir die Teppiche nicht mehr aufgelegt, alle wertvollen Porzellane, Silbersachen usw. waren in Kisten im Keller, genau wie die Wertsachen meiner Eltern.

Den Krieg erlebte ich am Anfang wie eine Zuschauerin. Viele jubelten Hitler zu, aber viele jubelten auch nicht und waren unzufrieden und kritisch. 1939 begann der Zweite Weltkrieg. Rumänien und Deutschland schlossen ein Wirtschaftsabkommen. Rumänien musste 1940 Bessarabien und die

Nordbukowina an die Sowjetunion abgeben. Der Zweite Wiener Schiedsspruch war ein großer Fehler, denn er befriedete die Ungarn nicht und verärgerte die Rumänen, indem Nordsiebenbürgen an Ungarn angeschlossen wurde, aber wir in Südsiebenbürgen bei Rumänien blieben. Der Hass zwischen den beiden Ländern Ungarn und Rumänien wurde dadurch nur schlimmer. 1941 beteiligte sich Rumänien, das sich erst als neutral erklärt hatte, auf deutscher Seite am Krieg gegen die Sowjetunion.

Am Tag nach dem misslungenen Attentat auf Hitler hatten wir einige Offiziere zu Gast zum Mittagessen, darunter auch einen Verbindungsoffizier zwischen Deutschen und Rumänen, mit dem wir schon lange gut befreundet waren. Wir standen vor dem Essen mit einem Gläschen Aperitif in der Hand und sprachen über das Attentat. Da sagte ich, es wird uns noch leid tun, dass das Attentat nicht gelungen ist. Das Gespräch verstummte sofort. Die Blicke, die sich die Offiziere zuwarfen, habe ich nicht vergessen. Es war so, als prüften sie, wer von ihnen verraten würde, in was für einem Hause sie verkehrten. Aber auch der Blick meines Mannes, der mich traf, hätte töten können. Er machte mir nach dem Essen, als die Gäste sich verabschiedet hatten, schwere Vorwürfe. Ich glaube aber, meine Äußerung hatte keine Folgen. Die Offiziere waren auch nicht mehr lange in Kronstadt. Diese Atmosphäre des Misstrauens, dass sich niemand mehr traute, offen zu sprechen, so dass ein offener Meinungsaustausch stattfinden konnte, sollte sich Jahre später dann unter anderen politischen Vorzeichen wiederholen.

Aus unseren Schulen wurden Lazarette gemacht. Ich wurde vom Roten Kreuz eingezogen und sah die furchtbaren Folgen des Krieges. Ich war sehr traurig und hatte Angst. In der Bartholomäer Schule hing ein großes Kreuz beim Eingang. Meine Seele schrie Christus an: „Warum kannst Du das nicht verhindern? Das ist doch Irrsinn!"

Ich hatte fast täglich Dienst in den Lazaretten, nicht nur bei den Deutschen, auch bei den Rumänen. Schließlich kämpften sie genauso an der Front wie die Deutschen. Ich glaube, ich war die Einzige, die das so sah. Ich habe nie eine Kronstädterin in einem rumänischen Lazarett angetroffen. Es war kaum zu glauben, wie dankbar diese einfachen Bauernburschen waren und sich freuten, wenn ich kam.

Ich fühlte mich den Einen wie den Anderen gleich verpflichtet.

Seither weiß ich wie schwer der Krankenpflegedienst ist.

Meine damalige Köchin, die in unserem Haus wohnte und mich sehr gern hatte, mich verwöhnte, wo sie nur konnte, sorgte sich um mich. Ich war physisch nie sehr stark, auch nahm mich der Dienst an den mitunter Schwerverwundeten sehr mit, so dass ich meistens sehr blass und erschöpft nach Hause kam. Erst wollte sie mich gar nicht mehr ins Lazarett lassen und an meiner Stelle hingehen, als das für mich überhaupt nicht in Frage kam, ging sie einfach mit mir mit und nahm mir alles Schwere ab. Selbst in der Erinnerung ist es für mich grausam. Wie viele Frauen und Mädchen und ihre Väter, Brüder, Verwandte, Freunde und Verlobte oder Ehemänner durch diesen furchtbaren Krieg Schweres und Allerschwerstes mitgemacht haben, von dem nie gesprochen oder geschrieben wurde, das man auch nicht niederschreiben kann, weil das Leid so unbeschreiblich war. Damals habe ich meinen Glauben an einen „Lieben Gott" verloren.

Ich kann seither keine noch so schöne Gipsfigur oder auch aus Holz geschnitzten Herrgott anbeten, nur die Stille einer Kirche, Orgelspiel oder Musik der großen Komponisten lässt mich an etwas Höheres glauben, das aber nur da ist, solange es vorhanden und praktiziert wird, solange das Herz darin versinkt.

Ich litt in der Zeit unbeschreiblich, wenn ich einen jungen Mann versorgen musste, dem beide Beine mit den halben Oberschenkeln amputiert worden waren, ein Anderer, dem der rechte Arm und das rechte Bein fehlten, furchtbare Brandwunden, Kopfverletzungen, es war grauenvoll. Man musste mir die Belastung angesehen haben, denn einmal sagte ein junger Soldat zu mir: „Schwester, wenn Ihnen der Dienst hier zu schwer ist, kommen Sie nicht mehr." Man muss mir angesehen haben, wie sehr ich mit den Verwundeten litt.

Wir hatten auch Bahnhofsdienst. Es kamen Soldaten aus dem Urlaub und fuhren an die Ostfront, das war für mich genau so grauenvoll. Verwundetentransporte von der Ostfront, denen konnten wir durch das Fenster Erfrischungen, belegte Brote, heißen Tee und manchmal Geschenke hineinreichen. Zu Hause suchte ich alles, was mir für die Soldaten brauchbar schien, zusammen, vor allem Bücher, die auch weiter gereicht werden konnten.

Ich könnte nicht mehr sagen, wann in diesem Krieg die Bombardierungen der Städte begann, aber als wir für unsere Reise das Visum für unsere Pässe abholten, Kronstadt hatte auch ein deutsches Konsulat, sagte ich zum Konsul: wenn nur eine Bombe auf eine rumänische Stadt fällt, fallen die Rumänen um und den Deutschen in den Rücken. Der Konsul sah mich an, als wollte er sagen, was verstehst du kleines Mädchen schon vom Krieg. Niemand glaubte mir, Robert schon gar nicht, mein Vater sagte mir nur immer: du unkst. Meine Mutter machte ein sorgenvolles Gesicht, sie hatte den Zusammenbruch im ersten Weltkrieg erlebt, ich glaube, sie hatte ebenso Angst wie ich. Aber, dass es nach dem Zusammenbruch so schlimm für uns kommen würde, das hatte sie nicht geahnt. Meine Eltern sind beide daran zugrunde gegangen.

Ich glaubte, Robert und Herbert seien fort, als sie am Abend plötzlich beide vor der Tür standen. Sie hatten nicht auf mich gehört. Herbert wären fünf Jahre Deportation in die Sowjetunion erspart geblieben. Robert hätte man vielleicht damals gleich in Deutschland die Augen operieren können.

Kronstadt hatte vier Bombenangriffe zu überstehen. Der erste am Ostersonntag, den 16. April 1944 auf das Bahnhofsviertel kam so unvorhergesehen, dass es viele Opfer gab. In der Nacht war noch, wie bei den orthodoxen Rumänen üblich, die Auferstehung gefeiert worden, und die Menschen lagen noch in ihren Betten. Wir hörten den Alarm und kurz danach fielen auch schon die Bomben.

In der Nähe unseres Hauses befand sich die Schützgasse, durch die man in knapp zehn Minuten im Wald war. Hier sah ich die Menschen voller Panik im Nachthemd und Pyjama laufen. Sie schrien vor Angst.

Von da an hatten wir uns angewöhnt, wenn die Sirenen ertönten, das Köfferchen mit den notwendigsten Akten und Wertsachen zu nehmen und in den Keller zu gehen. Meine Mutter hatte immer noch ein Körbchen mit Brot und anderen Lebensmitteln darin. Vor Aufregung aß sie und betete die ganze Zeit. Manchmal fiel ihr mittendrin ein, dass sie entweder den Koffer mit den Akten oder mit dem Silber oben vergessen hatte, dann lief ich schnell hoch, um sie zu holen und um sie zu beruhigen.

Wäre eine Bombe auf unser Haus gefallen, wir wären alle tot gewesen. Das Haus war 100 Jahre alt, hatte wohl dicke Mauern, aber so stabil war es nicht.

Bei einem Angriff fielen Bomben mitten ins Zentrum von Kronstadt, ein anderes Mal unter die Zinne auf die Burgpromenade, wo man Laufgräben für die Flüchtenden gemacht hatte, aber dorthin fielen die Bomben und es gab viele Tote. Gott sei Dank war es nie jemand aus unserem Freundes- und Bekanntenkreis.

Beim letzten Angriff, im August 1944, sperrte Robert wie immer den Laden ab, hinter dem sein Büro lag, als der Alarm ertönte, dazu kam auch immer seine Freundin mit ihrer Schwester, die in der Nähe wohnten, und alle liefen, so schnell sie konnten. Da fielen auch schon die Bomben und fielen genau dorthin, wohin Robert sich mit den Frauen geflüchtet hatte.

Als die Entwarnung kam und um unser Haus nichts passiert war, gingen wir wieder an unsere Arbeit.

Da ich mich während der Angriffe nicht von meinen Eltern trennen wollte, blieb ich immer zu Hause und hockte mit ihnen auf der Kellertreppe, obwohl

Robert für mich mitten im Hof eine Grube hatte ausheben lassen, in die zwei große Betonringe eingelassen waren, aber nicht ein einziges Mal war ich darin, wenn schon gestorben werden musste, dann alle zusammen. Der Tod hatte für mich selbst nie etwas Erschreckendes, ich wollte nur niemanden verlieren, das war schlimmer.

Als Robert an dem Tag nach dem letzten Bombenangriff auf Kronstadt auch zu Mittag nicht nach Hause kam, machte ich mir noch keine Sorgen. Es war schon vorgekommen, dass er zum Essen nicht nach Hause kam, ohne mich irgendwie zu verständigen. Wir hatten kein Telefon.

Erst am Nachmittag informierte man mich, dass mein Mann im Augenspital in der Katharinengasse liege, er sei verwundet. Als ich hin kam, lag er im Bett und sein Kopf war verbunden. Erst später erfuhr ich von seiner Freundin, was und wie es passiert war. Robert konnte sich an nichts erinnern. Eine Bombe war in ihrer unmittelbaren Nähe eingeschlagen und hatte Erde und Steine aufgeworfen, Richard wurde auf den Kopf getroffen, blutete aus einer Wunde auf der Nase, die sich aber als harmlos herausstellte, nur seine Augen waren voll Sand und Erde, so dass er nichts sehen konnte und von den Frauen ins Augenspital gebracht werden musste. Der Arzt meinte, dass nichts Gravierendes passiert sei, die Augen könne er erst später untersuchen.

Hätten doch meine Eltern und auch Robert und sein Bruder auf mich gehört, wären wir doch, als noch die Gelegenheit dazu bestand, geflohen! Es wäre uns viel Leid erspart geblieben.

Der Papierfabrikant Herr Schiel, für den der Mann meiner Freundin arbeitete, hatte früh gehandelt. Er hatte es kommen sehen und es gab einen Zug für seine Familie und alle Fabrikarbeiter und Angestellten, die mitkommen wollten. Man sagte, es soll der letzte Zug gewesen sein, der noch aus dem Land herauskam.

Sechstes Kapitel

Das Gefangenenlager und die Aushebung

Die sowjetischen Soldaten waren auf Uhren scharf, wehe, sie sahen jemanden mit einer Armbanduhr, die war er sofort los. Manch einer hatte an einem Unterarm wenigstens fünf bis sechs Armbanduhren. Wecker hängten sie sich um den Hals. Viele waren in den Kasernen untergebracht, aber höhere Chargen in Privatwohnungen, von dort nahmen sie mit, was ihnen eben gefiel. Die Fiaker vom Marktplatz waren verschwunden, so auch die Taxis, denn sowie sich einer auf der Straße zeigte, stiegen die sowjetischen Soldaten ein und fuhren mit ihm davon. Bei der ersten Gelegenheit sprang der Kutscher vom Bock und der Taxifahrer stieg aus, wenn sie merkten, dass ihr Fahrzeug doch verloren war. Wir hatten einen Fiakerkutscher, der immer einen bordeauxroten Mantel trug und einen Zylinder aufhatte, auch der verlor seine Kutsche auf die oben beschriebene Art. Ich hatte zugesehen. Er war ein netter Mann, seine Existenz war zerstört.

In der Redoute gab es eine Veranstaltung, und obwohl nach dem Einmarsch der Sowjets kein Mensch in der Dunkelheit auf die Straße ging, war die Redoute übervoll. Ein Hypnotiseur und Magier gab eine Vorstellung. Am Anfang gab er ein paar Kunststückchen zum Besten, dann forderte er das Publikum auf, die Hände ineinander zu verschränken und wer sie nachher nicht mehr auseinanderbrächte, solle zu ihm auf die Bühne kommen.

Tatsächlich gab es nicht wenige, die mit verschränkten Händen auf die Bühne marschierten. Diese frug er, welche auf der Bühne bleiben wollten, er würde dann mit ihnen ein paar Kunststücke machen. Zehn bis fünfzehn Leute gaben sich her und er machte die üblichen Vorführungen, indem er zum Beispiel zwei Stühle aufstellen ließ, auf deren Lehne er auf der einen den Nacken und auf der anderen die Füße stützte. Dann hypnotisierte er den Mann, dass er so steif wurde, dass er sich auf ihn stellen konnte, ohne dass der Mensch, der eine Brücke bildete, zusammenklappte, oder die Stühle umkippten. Als letzte Vorführung forderte er eine Person auf, auf die Bühne zu kommen, der er durch die Hypnose ein Ereignis ins Gedächtnis bringen würde, das eine große Rolle in seinem Leben gespielt habe. Er frug ihn, was er sehen wolle. Den Bruder des jungen Mannes hatte man vor kurzem auf der Straße umgebracht. Nachdem der Mann hypnotisiert war, frug er ihn, welchen Weg sein Bruder gegangen war: beim Gymnasium Ecke Katharinengasse. Er traf vier Männer, die wollten ihm den Mantel wegnehmen, er aber sträubte sich. Er frug: Was für Männer waren das? Er sagte: in Uniform. Jeder wusste sofort, dass er sowjetische Soldaten meinte. Der junge Mann wurde aus der Trance geweckt und ging verstört von der Bühne.

Am nächsten Tag, ein Sonntag, machten wir einen Ausflug. Zufällig war ein Ehepaar dabei, bei denen der Hypnotiseur wohnte. Man hatte ihn noch in derselben Nacht abgeholt. Er ist nie wieder aufgetaucht. Es hieß, er sei ermordet worden.

Als am 23. August 1944 verkündet wurde, dass Rumänien die Allianz mit den Deutschen gelöst habe,

König Michael das Land verlassen müsse, oder schon hatte, die Regierung von Antonescu verhaftet sei, da fielen südlich der Karpaten Rumänen schon den Deutschen in den Rücken. In Siebenbürgen gab es noch einen mehr oder weniger geordneten Rückzug, aber in Altrumänien soll es zu Unmenschlichkeiten gekommen sein. Deutsche Soldaten flüchteten in die Wälder und versuchten, sich so durchzuschlagen. Es gab aber auch deutschfreundliche Menschen, die versuchten, Soldaten bei sich zu verstecken.

Ich kenne einen Fall, bei dem ein rumänischer Gutsbesitzer acht oder zehn deutsche Soldaten in seinem Weingarten versteckt hatte. Er rüstete sie mit Bauernkleidern aus, studierte mit ihnen die Karten und Fluchtwege und nach circa einem Monat schickte er sie auf den Weg. Alle sind in Deutschland angekommen. Der Gutsbesitzer hatte sie gebeten, ihm ja nicht zu schreiben, es könnte für ihn gefährlich sein. Trotzdem schrieben sie ihm, und dies wurde ihm zum Verhängnis. Dem Mann wurde sein gesamtes Vermögen enteignet, seine ganze Familie wurde vom Gutshof vertrieben. Er hatte zwei Töchter, die ganze Familie wurde in verschiedene Lager verstreut eingeliefert und zur Zwangsarbeit gezwungen. Die Mutter starb sehr bald, der Mann wurde verschleppt und als die Töchter nach Jahren freikamen, waren sie arm und krank.

Am ersten Tag nach der Kapitulation Rumäniens wurde mein Wohnzimmer requiriert und fünf fremde Personen, eine Familie aus Nordrumänien, bei mir einquartiert. Nun hatte ich zwar zwei sehr große Zimmer, aber das Bad und die Toilette waren neben unserem Schlafzimmer, und wenn ich in die Küche musste, oder in den Vorraum, mussten entweder die fünf Personen durch unser Schlafzimmer, oder ich durch das von ihnen belegte Wohnzimmer.

Bei meinen Eltern war es noch schlimmer, denn in ihr Wohnzimmer kamen zeitweilig neunzehn Soldaten mit Eisenbetten. Um in das Schlafzimmer meiner Eltern zu gelangen, musste man sich fast buchstäblich zwischen den Eisenbetten durchzwängen. Die Katastrophe bestand aber darin, dass es zu der Wohnung nur eine Toilette gab. Statt drei Menschen gingen nun fast dreißig Menschen auf die Toilette, von denen die Meisten kein Wasserspülklosett kannten. Schon am zweiten Tag war die Toilette so verdreckt, dass man nicht einmal hineingehen konnte. Der Gestank war dementsprechend.

Voller Entsetzen frug ich meine Mutter, was sie nun machen wollten? Sie hatte die Porzellanpotschamberl von irgendwo hervorgeklaubt und trug sie jeden Morgen abgedeckt in den Garten, wo sie eine Grube ausgehoben hatte.

In der Küche war es genau so katastrophal. Die beiden Kleinkinder des Ehepaars, das in einem anderen Raum bei meinen Eltern einquartiert war, liefen nur mit einem kurzen Hemdchen bekleidet in der Wohnung herum und ließen es laufen und fallen, wo sie gingen und standen. Der Urin wurde nicht aufgewischt, der verflüchtigte sich. Nur die Würstchen wurden, wenn sie nicht schon zertreten waren, aufgewischt. Das kleinere Kind saß den ganzen Tag auf dem Küchentisch, von dort lief der Urin auf den Boden.

Auf dem schönen Vestaherd in der Küche schoben die Frauen den Topf der anderen immer an den

Rand, ließen alles überlaufen und anbrennen, aber etwas reinigen tat keine. Sie schütteten Salz oder Wasser in das Essen der Anderen. Bis es meiner Mutter zu dumm wurde und sie ihren Herd ins Badezimmer auf Bretter, die auf den Wannenrand gelegt worden waren, verfrachtete. Das Badezimmer konnte sie absperren. Die andere Hälfte der Badewanne musste zum Duschen und Baden reichen.

Der Hausmüll wurde von der Stadtverwaltung nicht mehr abgeholt und auch die Straßen wurden nicht mehr gereinigt.

Innerhalb kürzester Zeit war unser ganzes Haus so verdreckt, dass man sich schon beim Betreten des Treppenhauses ekelte. Der Hausmüll wurde von den Bewohnern einfach über den Gartenzaun in den Garten auf die Erdbeerbeete gekippt. Gestohlen wurde alles, was nicht niet- und nagelfest war. Irgendwann zogen irgendwelche Bewohner aus und nahmen kurzerhand unser großes, schweres Klavier mit. Eines Tages war selbst der schwere Venezianische Spiegel von der Wand verschwunden, die Ahnenbilder, die Gemälde meines Großvaters, des Bruders meiner Mutter, ein reizendes Bild von der Schwester meines Vaters, die sehr früh verstorben war, alles war einfach weg.

Meine Mutter hatte manches noch in das Schlafzimmer gerettet, dadurch war es so vollgestopft, daß man sich kaum noch bewegen konnte. Jede Stunde, jeder Tag, jeder Gang aus ihrem Zimmer in den Hof, in ihren Garten war ein Leidensweg.

Im Oktober kam eines Tages mein Schwiegervater und fand die Zustände in unserer Wohnung und im Haus unerträglich und machte mir den Vorschlag, zu ihnen ins Haus zu ziehen. Es war ein

Zweifamilienhaus, die Mieter aus der unteren Wohnung waren mit den Deutschen geflohen. Er machte mir den Vorschlag, wir sollten deren Hab und Gut in das Wohnzimmer räumen, dann würde ein Zimmer, die große Küche, das Bad und der Kellerraum, der in gleicher Ebene mit der Wohnung lag, das Haus war ein Hanghaus, frei werden. Außerdem hatte das Haus schon Gasheizung, was bei meinen Eltern, da es dort noch keine Hauptleitung gab, noch nicht der Fall war.

Robert lag noch immer im Krankenhaus mit seiner Kopf- und Augenverletzung. Ich musste mich schnell entscheiden. Ich wusste, dass es bei meinen Eltern nicht so bald zu einer Änderung oder Verbesserung der Lage kommen würde. Das Angebot war verlockend, ich musste sehr schnell entscheiden, denn wenn bekannt werden würde, dass im Haus meiner Schwiegereltern eine Wohnung leer stand, würden sofort die Kommunisten darüber verfügen.

Mit viel Müh' und Not organisierte mein Schwiegervater einen Plattenwagen (nur eine glatte Fläche ohne Aufsatz) mit einem Pferd. Siebenmal luden wir auf den Wagen, was immer darauf ging, und fuhren durch die ganze Stadt. Zwei Serpentinen musste das arme Ross hinaufziehen. Teile der Wohnzimmermöbel waren schon seit den Bombenangriffen irgendwo auf dem Lande verteilt. Ich sah sie nie wieder, also blieben hauptsächlich die Schlafzimmermöbel, der Speisezimmertisch, die Stühle, eine Couch und die Küchenmöbel. Am Abend trottete ich nach dem siebten Transport mit dem genauso müden Gaul durch die Stadt, hinter mir lag auf dem Wagen das letzte Gerümpel.

Dazu kam noch die seelische Belastung, dass ich meine Eltern in dem großen Elend allein gelassen hatte. Umsonst sagte ich mir, dass ich ihnen doch nicht helfen konnte, noch ihre Situation irgendwie erleichtern. Ich hatte meiner Mutter vorgeschlagen, in meine Wohnung zu ziehen, es wäre um einige Grade besser gewesen, aber wer hätte ihr geholfen, die schweren Möbel und alles andere hinauf zu schleppen? Sie hätte wirklich nur das Allernötigste nehmen können, sie konnte doch nicht den Einquartierten die Sachen wegnehmen. Sie lehnte ab. Ich weiß nicht mehr, ob es 1944 ein Weihnachtsfest gab. Zwar hatten die Bombenangriffe auf Kronstadt nur das Bahnhofsviertel und im Stadtzentrum nur die Kertschvilla zertrümmert, trotzdem kam mir alles zertrümmert vor. Selbstverständlich waren nicht nur meine Eltern von den Ereignissen überrollt worden. Alle Freunde und Bekannten hatte es auf irgendeine Weise getroffen. Entweder hatte man ihnen auch fremde Menschen in die Wohnung gesetzt oder man hatte sie ganz verdrängt. Später kamen dann die Evakuierungen.

Aber vorher kamen noch im Januar 1945 die Aushebungen. Schon Wochen vorher hatte mich ein ungarischer Verwandter gewarnt: er hatte in seiner Wohnung einen von der Securitate, der hätte ihm, unter dem Siegel der Verschwiegenheit anvertraut, dass die Absicht bestünde, die Siebenbürger Sachsen ganz aus der Stadt zu vertreiben. Wenn er gute Freunde hätte, möge er sie warnen. Ganz präzise wusste niemand etwas, aber dass etwas Schlimmes kommen würde, war doch durchgesickert. Mein Verwandter riet uns, mit ihm hinauf in den Dreistühlekomitat in unseren Wald zu kommen. Es gab dort eine Jagdhütte, die von einem ungarischen Ehepaar betreut wurde, dort wären wir sicher.

Am Abend versammelte ich die ganze Familie um den runden Tisch in meiner Küche, Schwiegervater, Schwiegermutter, mein Schwager Herbert, Robert und ich. Ich sagte ihnen, was ich erfahren hatte und dass wir uns in dem Wald verstecken könnten, bis die Gefahr vorbei sei. Meine Schwiegermutter sagte, dass die Sowjets dann sie, die Alten, statt uns nehmen würden und sie das nicht überstehen würde. Mein Schwiegervater bagatellisierte die Sache, mein Schwager hatte wie immer keine Meinung. Robert schwieg bedrückt.

Am nächsten Tag ging mein Schwiegervater zum Stadtpfarrer, erzählte ihm, was er von mir erfahren hatte, und dieser sagte ihm: Aber wir leben doch im zwanzigsten Jahrhundert, da werden doch keine Nacht- und Nebelaktionen gemacht, da wird im schlimmsten Falle plakatiert, dass bestimmte Jahrgänge sich melden müssten und wie ich mein Volk kenne, würden sich alle melden beziehungsweise hingehen.

Ich frug noch einmal, also wie ist es, bleiben wir oder verstecken wir uns? Meine Schwiegereltern wollten es nicht, also blieben wir. Dieser Entschluss sollte meinem Schwager für fünf Jahre schwerste Fronarbeit im Kohlenschacht im Donezbecken bringen und mir die Aushebung im Januar 1945, in einer Nacht- und Nebelaktion. Meine Mutter erschien kurz nach 6 Uhr morgens außer Atem bei uns und berichtete, dass man in der Nacht alle unsere deutschen Mieter ausgehoben und verschleppt hätte, sie hätten nur das Nötigste mitnehmen können.

Robert, der eigentlich immer noch im Krankenhaus lag, war für diese Nacht nach Hause gekommen, um einmal richtig baden zu können. Als er hörte, was meine Mutter sagte, zog er sich den Wintermantel über den Pyjama an, schnappte sich noch schnell etwas Wäsche und verschwand durch die obere kleine Gartentüre. Auf Umwegen gelangte er wieder ins Augenspital.

Inzwischen sahen wir schon vier sowjetische Soldaten und drei Rumänen in Zivil mit einem offenen Bauernwagen den Weg heraufkommen.

Zufällig hatte in dieser Nacht eine frühere Schulkollegin bei uns übernachtet, diese steckte ich im Keller in unseren Schrank, in welchem ich die Winter- bzw. Sommerkleider verstaut hatte. Zwar wollte sie unbedingt mit mir mitkommen, aber ich machte ihr klar, dass ihre Eltern nicht wüssten, wo sie abgekommen war, und sie die Pflicht habe, bei ihren Eltern zu bleiben, wenn sie der Aushebung entkommen könnte.

Unser Haus wurde umzingelt und ein sowjetischer Soldat kam zu uns in die Küche, er meinte, ich solle mir einen Koffer packen, mit vielen warmen Kleidern, aber ich müsse mich nicht beeilen, er hätte Zeit. Also begann ich zu packen.

Inzwischen wurde in unmittelbarer Nachbarschaft eine Mutter von vier Kindern, der Kleinste war noch ein Baby, ausgehoben. Ihre Mutter blieb mit vier kleinen Kindern allein zurück.

Meine Mutter weinte, meine Schwiegermutter jammerte und mein Schwiegervater taumelte im Türrahmen hin und her. Als ich fertig gepackt hatte, verließ ich das Haus, auch die ausgehobene Nachbarin kam, wir stiegen auf den Wagen und von sieben Männern und dem Kutscher umringt, wurden wir in den rumänischen Kindergarten am Oberanger in die Räume gepresst, die schon übervoll mit jungen verstörten Menschen waren. Nach einiger Zeit sagte man mir, ich solle zum Fenster gehen, ich zwängte mich durch die zusammen gepressten Menschen und sah draußen, wie mein Schwiegervater mir Zeichen machte. Ich durfte das Fenster nicht öffnen, aber als ich sagte, das wäre mein Vater, der mir etwas geben wolle, öffnete ich das Fenster gerade so weit, dass ich den Arm durchstrecken konnte. Mein Schwiegervater gab mir irgendwelche Akten, die ich in die Manteltasche steckte. Wir winkten uns noch zu, dann wurde ich wieder zurückgedrängt.

Nach geraumer Zeit wurden wir in russische Militärautos, die mit Planen vollkommen zugedeckt waren und keine Sicht nach außen oder hinein zuließen, verfrachtet. Auf der Straße standen rumänische und ungarische Leute. Ich hörte wie jemand fragte, was da vor sich ginge, die Antwort: man schleppt die Deutschen fort, es klang hämisch.

Wir landeten weit außerhalb der Stadt in einem Barackenlager, in dem vor Weihnachten noch Deutsches Militär gefangen war, denen wir warme Socken, Pullover und Anoraks, in welche wir Brot und Lebensmittel gepackt hatten, über den dreifachen Stacheldrahtzaun hinübergeworfen hatten, bis uns ein Offizier zurief: „Werfen Sie uns nichts mehr rüber, die Sowjets nehmen uns alles ab."

Nun war ich selber im Lager hinter dem Stacheldraht. Es waren sechzehn Baracken, vielleicht auch mehr. Hinter den Baracken waren die Latrinen. Was sich in den Baracken abspielte, war deprimierend, schnell waren die Pritschen belegt, manche hatten sich Bettzeug mitgebracht, in dem sie es sich gleich bequem machten, als würden sie längere Zeit dableiben. Ich stellte meinen Koffer und den Rucksack in eine Ecke und ging herum, versuchte jemanden von den Freunden oder Bekannten zu finden. Ich ging auch vor die Baracke und sah, wie man einen vollen Lastwagen von Menschen heranbrachte und in die Baracke entleerte.

Irgendwo traf ich dann meine frühere Köchin neben einem Kanonenofen, auf dem sie gerade Kartoffeln kochte. Als sie mich sah, schrie sie entsetzt auf – ach, Sie Arme, auch Sie hat man ausgehoben, als wäre ich eine Ausnahme gewesen. Sofort wollte sie mir Milch zu trinken geben, ich sollte auch Kartoffeln essen. Ich nahm nichts an, ich sagte ihr, sie solle auf ihre Lebensmittel aufpassen, sie werde sie noch brauchen. Ich sollte sie nie mehr wieder sehen und muss so oft an diese gute Seele denken.

Viele Gefangene standen so unter Schock, dass sie nicht begriffen, was mit ihnen geschehen war und noch geschehen würde. Sie dachten wohl, dass sie längere Zeit im Lager bleiben würden und richteten sich in den Baracken ein. Andere waren wie gelähmt. Sie schauten vor Angst und Unglück wie irre drein. Auf dem freien Platz zwischen den Baracken irrten am Tag viele herum, zwischen ihnen Sowjets, so auch ein höherer Offizier in erstklassiger Uniform und Persianermütze. Eine bekannte, sehr hübsche und wohlhabende Frau kniete sich fast vor ihm nieder und bat ihn, sie doch frei zu lassen. Verächtlich und eisig kalt sah der Mann sie an, drehte sich um und ließ sie stehen.

Es war eiskalt, ich hatte keine Pritsche belegt, ich hätte sowieso nicht schlafen können. Irgendwann kam eine Art Kommission – zwei Russen mit einem kleinen Mann als Dolmetscher. Dieser stellte sich auf eine Kiste und sagte uns auf Rumänisch: es werde eine Kommission kommen, da könnten dann alle hin, die nicht Deutsche wären, oder eine Krankheit hätten. Nur mit Herzkrankheiten könne man nicht hingehen, denn man wüsste, dass uns allen das Herz weh tue. Da ich in der Nähe stand, ging ich zu ihm und sagte, dass ich zu Hause einen blinden Mann hätte, der ohne mich nicht leben könne, ich müsse unbedingt nach Hause. Er tätschelte mir die Wange, seine Hände waren dreckig und die Fingernägel kohlschwarz, und sagte, ich werde für Sie tun, was ich kann. Damit verließ er unsere Baracke. Na ja, dachte ich, das ist so dahergeredet, was kann der arme Kerl schon für mich tun.

Draußen war ein dauerndes Hin- und Herfahren der Lastwagen. Da merkte ich, ich stand ja dauernd am Fenster, dass aus der ersten Baracke die Menschen wieder in die Lastwagen geschafft wurden. Ich ging zum Hinterausgang zu den Latrinen, dort ging ein sowjetischer Soldat mit der Kalschnikow auf und ab, wenn er mir den Rücken zuwandte, sprang ich bis zur nächsten Latrine und so fort, bis ich bei der ersten Baracke angelangt war. Durch den Türspalt erkannte ich, dass man die Leute wieder in die Lastwagen schaffte, die, wenn sie voll waren, abfuhren.

Ich muss hier noch einfügen, dass ich am Hals ein Kettchen trug, an dem eine Phiole mit Zyankali hing. Ich glaube, dass diese Phiole mir Kraft und Mut gegeben hatte, denn ich war entschlossen, in dem Augenblick, wo ein Sowjet Hand an mich legen würde, oder wenn mir das Leben unerträglich werden würde, ich die Phiole so wie der Freund und Apotheker mir geraten hatte, mit der Zunge am Gaumen zerdrücken würde und innerhalb von Sekunden tot wäre.

Als gegen Morgen auch unsere Baracke geleert wurde, nahm ich mein Gepäck und ging zwei Baracken weiter. Irgendwann traf ich meinen Schwager mit ein oder zwei Freunden. Ich stellte mein Gepäck in eine Ecke und ging frei im Lager herum, wo ich viele traurige, tragische aber auch lächerliche Szenen beobachten konnte.

Erst am dritten Tag stellte ich fest, dass sich in der Baracke Nr. 1 eine Kommission von sowjetischen Offizieren niedergelassen hatte. Menschen drängten sich davor. Es waren Ungarn und Juden, die deutsche Namen hatten, die ihnen zum Verhängnis wurden. Viele kamen frei, einige nicht.

Eine frühere Schulkollegin, die ziemlich dick war, versuchte, eine Schwangerschaft vorzutäuschen. Sie musste sich vor allen Leuten, Männlein und Weiblein, auf einen Tisch legen, sich entblößen, ein russischer Offizier (Arzt in Uniform) untersuchte sie und sagte dann: „Schöne Frau, dicke Frau, aber nix Kind!" Als sie sich wieder angezogen hatte, nahmen sie zwei Soldaten hoch und warfen sie auf den Lastwagen.

So ging es auch einem Bekannten, der einen Epilepsieanfall hatte oder vortäuschte, der Arzt hob ihm das Augenlid hoch, sagte: „Simulanski, simulanski." Dann wurde er auf den Wagen geworfen.

Immer wieder drängten mich besonders die Männer zurück, es wurde immer später und immer dunkler. Langsam bekam ich Angst, jetzt halfen nur noch die Ellenbogen. Vor mir kam noch ein Mann an die Reihe, der ein Dokument vorlegte, aus dem hervorging, dass er Tscheche sei. Das Dokument war aber aus der Zeit, da Hitler das Sudetenland schon besetzt hatte und auf dem Stempel war ein Hakenkreuz. Der Russe zeigte immer wieder auf das Hakenkreuz und sagte: „Njet harascho, njet harascho, dann pascholl." Er wurde gepackt und auf den Laster geworfen.

Nun war ich an der Reihe. Der kleine Mann, der schon in der Baracke den Dolmetscher gemacht hatte, war auch hier. Ich zog aus meiner Manteltasche den Geburtsschein meines Vaters, aus dem hervorging, dass er in Nymburg in der Tschechei geboren war. Das Dokument stammte noch aus der damaligen Zeit. Es war also ein altes Dokument mit tschechischem Stempel und in tschechischer Sprache. Meine Mutter war nach ihrem Vater Rumänin. Mit dem unschuldigsten Gesicht der Welt sagte ich, dass ich nicht wisse, warum man mich ausgehoben habe, außerdem sei mein Mann durch die Bombardierungen blind geworden und brauche mich dringend. Der kleine Mann übersetzte. Nun kam es zu einem ganz brutalen Spiel des Sowjets. Er hatte vor sich einen Din A 4 Bogen, der der Länge nach in Hälften geteilt war. In der Hand hielt er einen Stift, der zur Hälfte rot und zur Hälfte grün war. Die Personen, deren Namen er mit rot schrieb, wurden auf den Wagen geworfen, die Personen, deren Namen er mit grün schrieb, durften zum Tor gehen, wenn fünf oder sechs Personen zusammenkamen, durften sie hinaus. Während der kleine Mann übersetzte und ich sprach, ich nehme an, ich sah erbärmlich aus, denn ich hatte seit drei Tagen nichts gegessen, sah mich der Sowjet dauernd abschätzend an, mal drehte er den Stift auf rot, dann zog sich mir der Magen zusammen, dann wieder auf grün und ich atmete auf. So ging das ein paarmal hin und her. Es kam mir wie eine Ewigkeit vor. Endlich schrieb er grün. Ich glaube, der kleine Mann hat mir doch etwas geholfen.

Ich ging in die Baracke, wo ich meinen Koffer und den Rucksack abgestellt hatte, ging zum Tor und wurde mit noch vier oder fünf Frauen hinausgelassen. Die Frauen liefen als wäre der Teufel hinter ihnen her und waren in Minutenschnelle verschwunden. Um mich herum befand sich ein kahles Stoppelfeld, über das ein eisiger Wind blies. Mit Mühe versuchte ich, den Rucksack überzuziehen. Ich hatte einen schwarzen Boucle Mantel mit Hamsterfutter, beide waren unten nicht zusammengenäht so dass ich mit dem Rucksack den Stoff mit hochzog, der dann unter dem Rucksack einen Buckel bildete. Aber in der Dunkelheit sah es keiner, und außerdem war weit und breit kein Mensch zu sehen. Also marschierte ich los. Den Koffer hielt ich mit beiden Händen über dem Bauch fest. Er war furchtbar schwer. Nach einigen Schritten musste ich den Koffer abstellen, dann wieder los und wieder abstellen. Langsam kam ich zu der Überzeugung, dass ich den Koffer auf freiem Feld stehen lassen müsste, sonst käme ich nie weg. Ich tat es, aber nach einigen Schritten wurde mir bewusst, dass ich dreißig Goldstücke, eine wertvolle Kamelhaardecke und andere gute Sachen im Koffer hatte. Ich kehrte um, nahm den Koffer wieder hoch und versuchte, wieder einige Schritte zu gehen.

Plötzlich kam ein Mann auf mich zugelaufen. Hastig frug er mich, ob ich einen bestimmten Herrn gesehen hätte. Er beschrieb ihn. Ja, sagte ich, aber den hat man schon vergangenen Abend mit einem Lastwagen weggefahren. Er sei nicht mehr im Lager. „Um Gotteswillen, und ich habe Papiere, mit denen ich hoffte, ihn frei zu bekommen." Damit drehte er sich wieder um und wollte zurücklaufen. Dann aber drehte er sich noch einmal um und sah diese armselige Person mit dem Koffer am Bauch, der viel zu schwer war. Wieder lief er auf mich zu und hob den Koffer auf seine Schulter. Ich lief wie ein kleiner Hund hinter ihm her.

Das Gefangenenlager war circa fünf Kilometer von der sogenannten Flugzeugfabrik entfernt, von da bis zum Stadtrand dürften es noch einmal so viel gewesen sein. Vor der Flugzeugfabrik lud er den Koffer ab und sagte, ich möge dort auf ihn warten, er werde versuchen, einen Lastwagen zu bekommen, mit dem er mich bis zum Stadtrand bringen werde, weiter nicht, denn es bestünde die Gefahr, dass die sowjetischen Soldaten ihm den Wagen wegnehmen würden. Nun stand ich dort einige Zeit, aber es rührte sich nichts. Da nahm ich den Koffer wieder auf und ging langsam weiter. Plötzlich blieb ein Militärlastwagen mit Soldaten neben mir stehen, der Koffer wurde hinaufgeworfen und ich mit einem Schwung hinaufgehoben. Schnell waren wir am Anfang der Petersbergerstraße. Sie entschuldigten sich, dass sie mich nicht weiterbringen dürften, aber sie hatten keinen Erlaubnisschein für eine Weiterfahrt.

In meiner Manteltasche hatte ich ungefähr 30.000,- Lei, die wollte ich dem Offizier und seinen Soldaten geben, aber sie nahmen nichts an, im Gegenteil, sie sagten etwas, das ich nie vergessen habe: wir sind froh, dass wir einer Deutschen helfen konnten. Gerne hätte ich mich einmal später bei ihnen bedankt, aber es war nicht möglich.

Nun stand ich am Stadtrand. Es war keine Menschenseele auf der Straße und der Sturm hatte die Pflastersteine mit einer Eisschicht überzogen. Alles glänzte wie Glas, auch der Gehweg war spiegelglatt. Es war zehn oder elf Uhr nachts. Ich überlegte, unweit war der katholische Friedhof, wenn das Tor nicht versperrt war, konnte ich den Koffer eventuell neben das Grab meiner Großeltern stellen und von dort wieder abholen.

Schon wollte ich mich auf den Weg machen, da kam ein Bauer mit einem armen kleinen Klepper vor einem kleineren Wagen mit Plattform. Ich bot ihm 20.000,- Lei, wenn ich meinen Koffer aufladen dürfte. „Sehen Sie nicht, Frau, dass das arme Pferd kaum den Wagen ziehen kann, es rutscht bei den glatten Pflastersteinen dauernd ab." Ich versprach ihm, hinten zu schieben, während er vorne zog.

Wir versuchten es und es ging. Bis zu unserem Haus waren es gut zwei Kilometer. Er brachte mich bis zum Heldenfriedhof, der in der Nähe war. Ich gab ihm mein ganzes Geld, lehnte den Koffer an die Friedhofsmauer und ging das Stückchen Weg hinauf. Inzwischen war es nach Mitternacht. Ich läutete. Nach geraumer Zeit kam meine Schwiegermutter ans Fenster. Ich meldete mich und wurde eingelassen. Erzählen konnte ich nicht.

Ich ging sofort in die Waschküche und zog mich aus, denn ich hatte Läuse aus dem Lager, dann sprang ich durch die Kälte in die warme Küche und von dort ins Bad. Ich trank etwas, da ich sehr durstig war, zog mich um und ging ins Augenspital zu Robert. Der Pförtner ließ mich durch. Robert lag allein in einem Zimmer, nur eine Krankenschwester war bei ihm. Als sie mich sah, sagte sie: „Wie gut, dass Sie kommen, der Mann weint schon die ganze Zeit um Sie!" Zu Robert sagte ich, so schnell wirst du mich nicht los. Dann weinten wir beide.

In diesem Krankenhaus hatte das Personal zehn deutsche Soldaten in weiße Kittel gekleidet und in der Küche versteckt, wo sie Kartoffeln schälten und andere Arbeiten machten. Der Pförtner war ein Verräter. Ich durfte die Nacht bei Robert in seinem Bett versteckt verbringen. Am nächsten Morgen kam die Schwester und sagte, die sowjetischen Soldaten würden das Krankenhaus durchsuchen. Sie sperrte mich schnell ins angrenzende Labor und steckte den Schlüssel ein. Tatsächlich kamen Soldaten ins Krankenzimmer. Roberts Kopf war verbunden, sie sahen sich um, versuchten aber nicht, ins Labor zu kommen und gingen wieder. Aber die zehn deutschen Soldaten nahmen sie mit. Das rumänische Personal weinte.

Siebtes Kapitel

Die Goldmünzen

Da ich von den Sowjets ohne jeden Ausweis aus dem Lager in die eisige Dunkelheit entlassen worden war, hätte man mich jeder Zeit und überall wieder festnehmen können und so begann für lange Zeit ein Versteckspiel.

Robert riet mir, zu einer meiner Tanten zu gehen, vielleicht könnte ich für einige Zeit zu ihr ziehen. Trotz meines unguten Gefühls ging ich hin, um schon beim Eintritt am entsetzten Blick dieser Tante zu erkennen, dass da nichts zu machen war. Ihre früheren Hilfsversprechungen waren leeres Gerede gewesen.

Also ging ich nach Hause und ließ mich nirgends mehr sehen. Noch zwei- oder dreimal kamen sowjetische Soldaten mit Rumänen und gingen durchs ganze Haus. Dann schlüpfte ich schnell in einen Schrank im Keller, da warfen sie nur einen Blick hinein und gingen wieder. Nur einmal war ich gerade oben bei den Schwiegereltern und hatte keine Zeit mehr, nach unten in meine Wohnung zu gehen. Ich versteckte mich schnell im Badezimmer und sperrte von innen zu. Ein Rumäne drückte die Türklinke herunter, wollte aber nichts weiter.

Ich hatte einen Bekannten, der Hauptmann beim rumänischen Heer war, ein sehr netter, hilfsbereiter Mensch. Als eines Tages das Wohnzimmer meiner Eltern frei von fremden Leuten war, richteten wir es schnell wieder her und dieser Hauptmann besetzte es für sich, indem er eine Uniform ins Zimmer hängte, so gelang es uns später, einen alten Herrn, der 1944 in der Nähe des Bahnhofs ausgebombt worden war, ins Wohnzimmer einzuquartieren. So waren wenigstens diese beiden Zimmer in der Wohnung meiner Eltern bewohnbar.

Dieser Hauptmann belegte dann auf dieselbe Art und Weise auch bei meinen Schwiegereltern ein Zimmer, aber dadurch, dass er selten kam, wusste jeder in der Nachbarschaft, dass die ganze Sache nur fiktiv war. Aber es half uns doch soweit, dass wir im Haus längere Zeit unbehelligt blieben. Dann aber wurden einige Zimmer doch von Sowjets requiriert. Vorbei war es mit dem versperrten Tor, zwei bis drei Soldaten bewachten ständig das Haus, sie saßen auf den Bänken auf der Terrasse und im Garten und rauchten ihre in Zeitungspapier gewickelten Zigaretten. Sie konnten kein Deutsch und wir kein Russisch, was zu vielen Problemen führte.

Die Schwiegereltern hatten oben im Hof auch ein WC, dorthin gingen auch die Soldaten. Immer, wenn jemand dort war, ging ich mit Eimer und Bürste hin und reinigte es. Wir wollten ihnen damit zeigen, dass es sauber gehalten werden müsse. Eines Tages stand einer der Soldaten hinter mir und sagte gutmütig: njet rabota barischnya, njet rabota. Ich hatte ein buntes Kopftuch über Stirn und Haare gebunden und sah wie ein Dienstmädchen aus.

Als das Neue Jahr kam, wollten die Soldaten unsere Silbertanne aus dem Garten abhacken, aber wir verteidigten sie erfolgreich.

Die Tragödien, die sich nach der Nacht- und Nebelaktion der Verschleppung im Januar 1945 abspielten, sind unbeschreiblich. Die Aushebung fand vom 9. bis zum 12. Januar statt. Zahllose Kleinkinder blieben tagelang allein in der Wohnung, weil man ihnen die Mutter weggeschleppt hatte. Oft konnten erst Tage später Großeltern ausfindig gemacht werden, oder auch nur weitläufige Verwandte, die dann die Kinder zu sich nahmen. Wo eine Großmutter mit in der Familie gewohnt hatte, stand diese plötzlich vor der Aufgabe vier oder mehr kleine Buben und Mädchen allein ohne Mutter, Vater oder Großvater großzuziehen.

Als es vor der Aushebung die Anweisung gab, dass sich alle deutschen Bewohner Kronstadts bei der Polizei einfinden mussten und dort ihren Namen, Vornamen, ihr Geburtsdatum und ihre Adresse nennen mussten, verstand man nicht, was das sollte. Man erhielt nach der Meldung eine Bescheinigung. Man musste auch die Autos, Motorräder und sogar die Fahrräder abgeben. Auch die Radioapparate und Jagdgewehre wurden eingezogen und man sperrte die deutschen Telefonanschlüsse. Es war alles für die Aushebung geplant. Aufgrund der Meldungen bei der Polizei hatte man Listen für die Aushebung erstellt. Es hieß später, dass diese Listen bereits ab Herbst 1944 im Geheimen angelegt worden waren. Männer zwischen 17 und 45 Jahren und Frauen zwischen 18 und 35 Jahren wurden ausgehoben und zur Zwangsarbeit in die Sowjetunion verbracht. Es gab nur wenige Ausnahmen. Diese betrafen Menschen, die nicht arbeitsfähig waren oder Mütter mit Kindern unter einem Jahr. Wenn nicht genügend Menschen in den genannten Altersgruppen zusammenkamen, wurden auch jüngere oder ältere ausgehoben. Nachdem die Gefangenen in die Baracken verbracht worden waren, wurden sie zum Kronstädter Güterbahnhof gebracht und von dort in ungeheizte Viehwaggons verladen, in denen sie dicht an dicht zusammengedrängt kauerten. Es gab in den Waggons keine Betten, keine Toiletten und kein Wasser. Einige Männer hatten Äxte dabei und schlugen ein Loch in den Boden des Viehwaggons, so dass man dieses Loch als Toilette benutzen konnte. In eisiger Kälte dauerte die Deportation in die Sowjetunion zwei Wochen.

Es gab auch beim rumänischen Heer Deutsche, diese wurden von dort den Russen ausgeliefert. Manchmal erfuhren sie, dass ihre Frauen auch irgendwo in der Sowjetunion in einem Lager waren. Sie versuchten, mit ihnen Kontakt aufzunehmen, aber das gelang nur in seltenen Fällen.

In den ersten Jahren wurde kein Kontakt mit der Heimat erlaubt, so dass die Ungewissheit auf beiden Seiten so erdrückend war, dass viele allein daran zugrunde gingen. Die Angehörigen schickten Briefe an die Lager in der Sowjetunion, aber die Briefe wurden nicht an die Empfänger weitergegeben, man hielt sie zurück. Die Deportierten mussten schwere körperliche Arbeit leisten. Sie arbeiteten in Bergwerken, in Stahlwerken, in Kohlengruben, auf Baustellen, in Kolchosen und in Steinbrüchen. Die Arbeitsbedingungen waren so, dass es schwere Arbeitsunfälle gab. Das Essen war mangelhaft und bestand oft nur aus etwas Tee mit einem Stück Brot zum Frühstück. Mittags und abends gab es eine Krautsuppe ohne weitere Beilagen. Manchmal erhielten die Deportierten von der einheimischen russischen Bevölkerung auf dem

Weg zur Zwangsarbeit oder zurück zum Lager heimlich ein Stück Brot oder eine gekochte Kartoffel. Die Deportierten hatten keine ausreichend warme Kleidung, froren und hungerten. Viele erkrankten und starben bereits in den ersten Jahren der Gefangenschaft. 75.000 deutsche Männer und Frauen wurden in die Sowjetunion deportiert. Es waren vor allem Siebenbürger Sachsen, Banater Schwaben, Sathmarer Schwaben und andere. Einige Kranke konnten nach einem Jahr zurückkehren, viele andere mussten fünf Jahre und länger Zwangsarbeit ableisten und kamen erst Ende 1952 zurück. Ein Drittel der deportierten Zwangsarbeiter soll in der Sowjetunion gestorben sein. Die Deutschen, die weiter in Siebenbürgen lebten, waren praktisch rechtlos.

In die Wohnungen, in denen manchmal nur ein Bett frei geworden war, wurde von den Kommunisten sofort ein fremder Mensch einquartiert. So ein Mensch zog dann nach kurzer Zeit seine Familie nach, so dass die Deutschen herausgetrieben wurden.

Als mein Vater an der infektiösen Gelbsucht starb, besaß er nichts mehr als das Bett, in dem er geschlafen hatte und einen Schrank.

Später fand ich noch einen Silberlöffel aus dem 24teiligen Besteck mit dem Monogramm meiner Mutter, und eine Majolikaschüssel.

Als meine Mutter nach ihrem ersten Schlaganfall im Bett lag, kamen fünf Männer ins Haus. So ähnliche waren schon mal da gewesen und hatten die Ledergarnitur meines Vaters und den großen Smyrnateppich aus dem Wohnzimmer mitgenommen. Nun wollten die Männer ins Schlafzimmer. Mein

Vater und ich stellten uns vor die Tür und ich sagte, dass sie nur über unsere Leichen ins Zimmer kämen, in dem meine kranke Mutter liege. Einer von den Kerlen bedrohte mich und kam auch auf mich zu, da kam ein schwacher Ruf von meiner Mutter aus dem Zimmer, sie hatte den Lärm gehört. Da ließ er von mir ab und sie gingen. Als ich zufällig in den Spiegel blickte, erkannte ich mich nicht.

Es war eine Zeit, in der man das Gefühl hatte, nur von Feinden umgeben zu sein, und von nirgendwo Hilfe erwarten konnte. Man war blanker Willkür ausgesetzt. Viel später erfuhr ich durch einen sehr netten Kollegen, der perfekt ungarisch und rumänisch sprach, dass er bei der Securitate eine schriftliche Aussage eines Mieters aus unserem Haus übersetzen musste. Als er das las, was der Mann über uns ausgesagt hatte, war er so entsetzt, dass er es mir anvertrauen musste.

Der Mieter war nach dem ersten Weltkrieg zehn Jahre als Gefangener in der Sowjetunion und war zum Kommunisten umfunktioniert worden. Sicher sprach er auch noch gut Russisch. Er lud eines Tages ein paar Sowjets zu sich ein. Natürlich gab er ihnen Schnaps oder Wodka zu trinken, aber als es ihnen zu wenig war und er keinen Alkohol mehr hatte, verprügelten sie ihn. Trotzdem stand er uns feindlich gegenüber, was wir aber nicht wussten.

Mein Kollege erzählte mir, was in dem Schreiben des Mieters stand. Als Erstes hatte er berichtet, ich wäre öfter im Ausland gewesen. Das hatte ich in meinem Lebenslauf verschwiegen, weil es unangenehme Folgen haben konnte, wenn man engeren Kontakt zum Ausland hatte. Zweitens teilte er mit, daß an unserem Haus ein Zeichen gewesen wäre, das den durchziehenden deutschen Truppen, die in die Sowjetunion zogen, Halt gebot, und ich ihnen den Weg gewiesen hätte. Das war ein harter Brocken und hätte mir jederzeit schlimm zusetzen können.

Als ich in dieser Zeit eines Tages zur Kaderchefin beordert wurde, saßen noch zwei Männer vor der Securitate dort und ich wurde stundenlang verhört, bedroht und der Lügen bezichtigt, ohne zu wissen, um was es eigentlich ging. Erst später erfuhr ich, von wem das ausging.

Immer wieder fallen mir Szenen aus der Zeit in Rumänien ein, und immer wieder der innere Kampf gegen den Kommunismus, denn nach außen durfte man sich nichts anmerken lassen, sofort wurde man zum Klassenfeind erklärt und wehe dem, der dies Prädikat hatte, dem wurde das Leben zur Hölle gemacht.

Gegen den Kommunismus konnte man sich nicht wehren, man konnte sich nur ducken und möglichst unauffällig leben. Es war immer gefährlich. Ein Neider genügte, um einen Menschen für unbestimmte Zeit verschwinden zu lassen. Geriet man einmal in die Fänge von Behörden, erlangte man die Freiheit, die sogenannte Freiheit, nur dadurch zurück, dass man sich erpressen ließ und sich bereit erklärte, andere zu bespitzeln und anzuzeigen.

Als meine Mutter starb und beerdigt war, fand ich in ihrem Nachlass fünf alte Goldmünzen. Goldmünzen zu besitzen war eines der größten Verbrechen zu der Zeit, das viele mit Verstümmelung und Tod bezahlten.

Ich gab die Münzen meinem Schwiegervater, der mir versprach, sie verschwinden zu lassen. Es war einige Zeit vergangen, als ich eines Abends nach Hause kam, war die ganze Familie in der Küche versammelt und zwei Männer in Uniform von der Securitate mit ihnen. Ich frug, was los sei, da sagte mein Schwiegervater, ich habe fünf Goldmünzen auf dem Dachboden versteckt, die habe ich ihnen gegeben.

Die Frau meines Cousins war Zahnärztin. Sie war zu Besuch bei uns gewesen und war mit meinem Schwiegervater in die Stadt gegangen. Unterwegs hatte er sie gefragt, ob sie die Goldmünzen nicht in ihrer Praxis verwenden könne, was sie natürlich sofort strikt abgelehnt hatte. Man wurde auch auf der Straße bespitzelt. Jemand musste dies Gespräch mitgehört haben und hatte sie angezeigt.

Um nicht im ganzen Haus eine Durchsuchung zu provozieren, hatte mein Schwiegervater sofort gestanden. Bei einer Durchsuchung hätte man auch die fast 100 Kg. Mehl im Dachboden gefunden, denn auch gehortete Lebensmittel waren verboten und man wurde bestraft.

Sie nahmen meinen Schwiegervater mit. Ich lief ich den Leuten nach und sagte den Uniformierten, dass ich mitkäme, der Alte sei ja fast taub und außerdem könne er schlecht rumänisch. Es wurde ein Proces verbal (Protokoll) aufgenommen und der Alte weiter verhört, wobei er voll begriffen hatte, sich tauber stellte, als er war und immer mich antworten ließ. Ich gestand, dass die fünf Münzen im Nachlass meiner Mutter durch mich gefunden worden sind und ich sie dem Alten gegeben hatte, damit er sie abliefere. Natürlich wurden wir stundenlang verhört und bedroht, zuletzt wollten sie mich nach Hause schicken und den Alten dort behalten.

Ich bat sie, mich dort zu behalten und den Alten nach Hause zu lassen. Sie fragten, ob ich mich als gute Tochter aufspielen wolle, die sich für den Vater opfert. Ich erklärte ihnen, dass er nicht mein Vater sei, und dass ich lieber bei ihnen bleiben wolle, als den Jammer zu Hause zu erleben. In der Nacht ließen sie uns dann beide gehen. Mit der Bedingung, dass ich mich am nächsten Tag wieder bei ihnen melden müsse.

Als ich am nächsten Tag wieder zur Miliz ging, wurde plötzlich die Frau meines Cousins hereingebracht. Man hatte sie am Tag vorher verhaftet und nach Kronstadt gebracht. Als wir uns sahen, weinten wir. Ich bekam weiche Knie, so erschrocken war ich. Nun mussten wir beide Geständnisse schreiben. Scheinbar deckten sich beide, so dass wir, nach weiteren Drohungen und Zurechtweisungen, entlassen wurden.

Nach diesem Vorfall gestand mir Robert, dass er auch noch 35 französische Goldmünzen besäße, die er los werden wolle. In der Nacht gingen wir auf der Burgpromenade und in den Randbezirken der Stadt herum, aber überall kamen uns Menschen entgegen. Ich wollte die Münzen hinter einem Grabstein auf dem Heldenfriedhof einbuddeln, das wollte er nicht, zuletzt warfen wir die Münzen in den Kanal am Kirchhof neben der schwarzen Kirche. Ob man sie dort gefunden hat, oder je finden wird? Ich war damit nicht einverstanden, denn dort waren sie endgültig für uns verloren. Man hoffte doch immer, dass das kommunistische Regime eines Tages zu Ende gehen würde.

Bald nach Einmarsch der Russen mussten wir alle unsere Radios abliefern. Ich bildete mir ein, dass diese pfleglich behandelt würden und in die Sowjetunion geschafft würden. Aber als ich zufällig einmal in die Bartholomäer Schule ging, sah ich sie dort brutal hineingeworfen und zertrümmert in einem großen Saal. Ich war völlig konsterniert. Wie hatte meine Mutter um ihren Löwe-Opta geweint. Robert und ich hatten drei Rundfunkgeräte. Zwei große Telefunken hatten wir abgegeben und einen Volksempfänger versteckt. Diesen hatte ich beim Umzug zu den Schwiegereltern mitgenommen. Als Robert wieder zu Hause war, hörte er versteckt und ganz leise auch ausländische Nachrichten, was verboten war. Eines Tages, jemand hatte uns verraten, wurde Hausdurchsuchung gemacht und der Apparat weggenommen. Ich war kurz vor der Geburt meiner Tochter. Es war ein arger Schock für mich. Hausdurchsuchungen wurden zweimal in unserer Abwesenheit gemacht. Also musste unser Haus unter Beobachtung gestanden haben. Das Unangenehme an der Sache war, dass die Leute nicht in Uniform waren, sondern in schäbiger Kleidung. Es hätten ohne Weiteres Kriminelle sein können. Natürlich wurde nichts gefunden, aber es war auch üblich, irgendwo eine Waffe einzuschmuggeln, da nützte auch kein Leugnen, man saß in der Falle.

Am 30. Dezember 1947 wurde die Rumänische Volksrepublik ausgerufen. In den Schulen wurde bald darauf der Religionsunterricht abgeschafft. Dafür gab es die Fächer Russisch und Verfassungskunde. 1948/49 begannen die Kommunisten Betriebe, Geschäfte, Häuser und den Bauern die Felder zu verstaatlichen. Es war das Dekret Nr. 119/1948 erlassen worden. Es kam, wie schon vorher 1945 zu Enteignungen und Verstaatlichungen. Fabriken, Unternehmen aller Art, auch Transportunternehmen, Versicherungen, Banken, sogar Apotheken wurden verstaatlicht. Später wurden auch alle Privathäuser verstaatlicht.

1947 gelang es mir noch mit Robert, dem Verwandten, der ein großes Holzdepot besaß und der uns vor den Aushebungen gewarnt hatte, sowie einem Forstingenieur in unseren Wald zu fahren und Bäume schlagen zu lassen. Das Holz kam in die Sägemühle nach Papolz zu einem Freund. Fertig zu Brettern gesägt waren es 19 Waggons. Es gelang meinem Verwandten noch, 2 Waggons zu verkaufen. Das Geld vom Verkauf konnte ich meiner Mutter und ihren Schwestern noch zusenden. Der Rest wurde beschlagnahmt und war endgültig weg. Aber nicht genug, 1948 oder 1949 wurde vom Staat eine Geldeinwechslung angeordnet, alles wurde eingezogen und jeder Bürger, egal, wie viel er besessen hatte, bekam nur 90,- Lei. So war auch das vom Holz erzielte Geld weg.

Die Ironie des Schicksals spielte uns noch einen Streich. Am Abend vor der Geldeinwechslung gingen wir spazieren und trafen den Holzhändler mit Gattin auf dem Rudolfring vor dem Arohotel. Auf dem Dach spielte ein Orchester und mein Verwandter machte uns den Vorschlag, hinzugehen und dort zu Abend zu essen. Wir lehnten ab, aus welchem Grund auch immer, wir setzten uns in den Park gegenüber und hörten uns dort die Musik an. Der Holzhändler und seine Frau gingen feudal essen. Am nächsten Tag war unser ganzes Geld nichts mehr wert. Er hatte uns noch gesagt: Kinder, man soll das Leben genießen, solange die Möglichkeit dazu besteht. Ab da bestand sie nicht mehr.

Die seit Jahr und Tag bestehende Angst in mir vor den kommenden bösen Ereignissen erzeugte in mir eine Art Lähmung, weil wir unser Schicksal nicht mehr selbst in der Hand hatten. Täglich, ja fast stündlich, konnte etwas auf uns zukommen, gegen das wir uns nicht wehren konnten.

Aus irgendeinem unbekannten Grund konnten plötzlich vier bis fünf Männer in der Wohnung stehen und sagen: in vier Stunden müssen sie dieses Haus verlassen. So war es zahllose Male mit Freunden und Bekannten geschehen.

Bezeichnend ist auch, was im Zusammenhang mit dem Krankenhaus geschah. Dort war ein ganz einfacher Mann, der wahrscheinlich Analphabet war, angestellt, der die alleinige Aufgabe hatte, wenn ein Mensch an einem bestimmten Organ erkrankt und daran gestorben war, auf Geheiß der Ärzte dieses Organ herauszuschneiden und ihnen zu bringen. Damals gab es noch keine Transplantationen, also nehme ich an, dass es zum Studium junger Arztpraktikanten diente. Dieser Mann hieß Silviu und ging fast täglich an unserem Haus vorbei nach Hause. Er war fast ständig betrunken, blieb vor unserem Haus stehen und fluchte ganz schrecklich auf Rumänisch: „Warum haben die Kommunisten nicht auch mir so ein Haus gegeben?" und zeigte auf die drei Villen auf dem unteren Weg, daraufhin wieder ein deftiger langer Fluch. Dann wiederholte er wieder die Frage, warum er nicht auch ein Haus von den Kommunisten bekommen habe. Das ging so eine viertel bis eine halbe Stunde und dann trollte er sich. Das wiederholte sich jede Woche mindestens einmal. Eines Tages kam er nicht mehr. Ich war traurig, denn ich hatte es immer genossen, denn wer traute sich schon zu der Zeit im Zusammenhang mit dem Kommunismus zu fluchen, aber dass ihn eines Tages jemand anzeigen würde und man ihn womöglich verprügeln würde, dachte ich mir schon und er tat mir leid. Nach geraumer Zeit war er wieder da. Die Ärzte waren bei der Miliz oder der Securitate Sturm gelaufen, denn sie bekamen niemanden, der die Arbeit machen wollte. Silviu war wieder da, aber nie mehr blieb er stehen und schrie und fluchte, also ist er doch geprügelt worden, denn selbst im ärgsten Suff fluchte er nie mehr.

Ich war bei einer Fabrik als Materialbuchhalterin angestellt, als eines Tages der Kaderchef, der politische Chef in jedem Unternehmen, zu mir kam und sagte, ich solle zum Telefon kommen. In allen Unternehmen hatten nur der Direktor und der Kaderchef ein Telefon. Böses ahnend ging ich mit. Elena, Lothars Witwe, war am Telefon und rief verzweifelt: Magdalena, bitte komm, hilf uns packen, wir müssen mit meiner Mutter und meiner Schwester in vier Stunden das Haus verlassen. Allein können wir in der Zeit nicht alles einpacken, was wir mitnehmen möchten. Hinzu kam, dass ihre Schwester behindert war.

Ich bat den Kaderchef, mir frei zu geben, eine Freundin rufe mich zu Hilfe, ich wisse aber nicht, was dort passiert sei. Das Tor des Betriebes war immer versperrt, man konnte nicht so einfach das Gelände betreten oder verlassen. So schnell ich konnte, eilte ich zu Elena und fand dort schon einige Freunde, auch Männer, die Kisten hämmerten, in welche wir dann einpackten, was wir in der Eile verpacken konnten.

Elena und ihre Eltern hatten ein wunderschönes Haus oberhalb ihres riesigen Automechaniker-Betriebes, auf den man hinunter sehen konnte, der natürlich schon enteignet war. Nun wollten die Kommunisten auch das Haus. Nach vier Stunden standen zwei Lastwagen auf dem Hof, auf die wir verluden, was wir hatten zusammenpacken können, Elena, ihre Mutter und Schwester stiegen zu und sie fuhren weg. Im Haus verblieben sämtliche Möbel, Lampen und noch vieles mehr, dort machten sich noch am selben Tag Personen breit, die nur darauf gewartet hatten, das Haus zu übernehmen. Hinter dem Haus befand sich ein sehr schöner Ostgarten, ganz hinten ein Hühnerstall und es gab auch ein oder zwei Schweine.

Viel später erfuhren wir, dass Elena und ihre Angehörigen noch zwei Tage im Lastwagen auf dem Verladebahnhof standen, weil man nicht wusste, wohin man sie weiter transportieren sollte.

Nach einigen Jahren durften sie zurück nach Kronstadt kommen, sobald sie eine Wohnung vorweisen konnten. Sie hatten eine gefunden, wahrscheinlich hatten sie eine ziemlich große Summe zahlen müssen. Ein Zimmer, eine Küche, kein Bad, weit hinten im Hof ein Plumpsklosett, auf welches man nur mit dem Regenschirm gehen konnte, wenn es regnete oder schneite, da das Dach undicht war.

Ob die Evakuierungen legal oder illegal vorgenommen wurden, sie waren immer in erster Linie eine Gemeinheit und Niedertracht. Oft waren es anonyme Anzeigen oder einfach nur Neid, die zu Evakuierungen führten.

Robert hatte nette Freunde. Sie wohnten in der Burggasse, wo die Häuser sehr alt waren und die Wohnungen oft dunkel. Seit dem Umsturz war die Wohnung dieser Familie nicht mehr geweißelt worden, die Wände fast schwarz, Robert sagte ihnen einmal, ihr wohnt wie in einer Räuberhöhle, lasst doch wenigstens die Wände mal streichen, da sagte seine Bekannte, dass sie fürchte, dass die Wohnung dann eventuell Begehrlichkeiten wecken könnte. Trotzdem strichen sie später die Wände. Kurz darauf wurde ihr Mann verhaftet und zur Zwangsarbeit an den Donaukanal geschafft, wo er nach einiger Zeit starb. Kurz nach der Entfernung des Mannes wurde die Frau auch aus der Wohnung gerissen, mit den beiden Kindern, irgendwo in einem Dorf aus dem Lastwagen geworfen, wo sie dann verzweifelt herumlief, um sich und den Kindern eine Bleibe zu suchen.

Beinahe wären auch wir so einer Evakuierung zum Opfer gefallen. Meistens wurden diese Aktionen im Spätherbst oder im Winter durchgeführt.

Der Mann einer Freundin wurde genauso wie ich am 9. Januar 1945 von Sowjets und Rumänen ausgehoben. Ich konnte ihnen noch in Kronstadt aus dem Gefangenenlager entkommen. Der Mann meiner Freundin musste über drei Jahre in der Sowjetunion im Kohlenschacht arbeiten, bis er im Winter auf dem kilometerlangen Weg zurück in seine Baracke zusammenbrach und liegenblieb. Als seine damalige Freundin ihn vermisste und den Weg zurückging, fand sie ihn am Wegrand vollkommen eingeschneit als Schneehügel. Mit ihren letzten Kräften rüttelte sie ihn wach und schleppte ihn in die Baracke.

Als er nach vielen Jahren wieder nach Hause kam, sah er zum ersten Mal seine kleine Tochter, die kurz nach seiner Aushebung geboren worden war. Als Mühlenfachmann wurde er von seiner Firma wieder eingestellt, die sich inzwischen durch die Verstaatlichung vollkommen verändert hatte. Eine Reihe satter Kommunisten mit mehr oder weniger Sachverstand füllten die Büros. Zu der Zeit kam wieder eine Geldeinwechslung und ein Kollege zeigte ihm am ersten Tag einen der neuen Scheine und frug ihn, was er dazu meine. Er hatte sich noch nicht in die neue Zeit eingelebt und wusste nicht, dass jede Äußerung verschieden ausgelegt werden konnte. Daher sagte er: „Na ja, es fehlen die Unterschriften vom Finanzminister und einem Mitverantwortlichen." Am nächsten Tag kam er nicht ins Büro, er kam erst nach einem Jahr wieder. Man hatte ihn verhaftet und zur Zwangsarbeit an den Donaukanal verbannt.

Als er wieder kam, wurde er erneut bei der Firma eingestellt. Die Büros waren auf der Kornzeile, vis à vis davon, am Anfang der Burzengasse war das Bere Luther. Der Mann meiner Freundin fühlte sich eines Tages nicht wohl und sagte seinem Kollegen: „Mir ist schlecht, ich gehe ins Bere Luther und trinke einen Schnaps." Er war kein Trinker. Er ging, kam nicht wieder und ward nicht mehr gesehen.

Da er auch zum Mittagessen nicht nach Hause gekommen war, ging seine Frau um 14 Uhr ins Büro und frug, wo ihr Mann sei. Der Kollege sagte ihr, was vorgefallen war, worauf sie ins Bere Luther ging, wo aber inzwischen Schichtwechsel war und niemand etwas wusste. Sie lief aufgeregt ins nahegelegene Krankenhaus, aber auch dort konnte ihr niemand etwas sagen. Von dort lief sie ins Marzescu-Krankenhaus, am anderen Ende der Stadt, aber auch dort erfuhr sie nichts. Vor dort ging sie zur Miliz, auch dort wusste kein Mensch etwas von ihrem Mann.

Sie war so verzweifelt, dass sie nicht wusste, wo sie noch suchen sollte. Noch einmal lief sie zurück ins nahegelegene Krankenhaus, wo ihr ein gelangweilter Pförtner sagte: „Geh, schau doch mal im Leichenhaus nach, vielleicht liegt er dort."

Tatsächlich ging sie hin und fand ihren Mann bewusstlos auf einem der Tische liegen. Neben ihm lagen auf zwei anderen Tischen auch nackte Leichen. Die Leichen waren nicht zugedeckt. Neben ihm lag eine tote, dicke Frau, der man von den Innereien etwas herausgeschnitten und den Körper nur grob wieder zusammengeklemmt hatte.

Meine Freundin klopfte ihrem Mann auf die Wangen, machte ein Taschentuch nass, wusch ihm damit das Gesicht und schrie immer seinen Namen, wobei sie auf seinen Körper klopfte und an ihm zerrte. Plötzlich öffnete er die Augen. Dann lief sie und holte ein Taxi, das damals nicht einfach aufzutreiben war, und schleppte ihren Mann nach Hause. Nach zwei Tagen ging er wieder arbeiten und war danach nie mehr schwer krank.

Seine frühere Freundin aus dem Lager in der Sowjetunion kam ungefähr ein Jahr später nach Hause. Wir sahen die beiden öfter unter der Burg spazieren gehen. Natürlich gab es Klatsch. Als ich meine Freundin einmal besuchte, war noch eine andere gemeinsame Freundin bei ihr. Diese wollte ihr berichten, dass ihr Mann mit der Anderen gesehen worden war. Meine Freundin sagte: „Sei so gut und sag mir nichts, sie hat ihm in Russland das Leben gerettet und ihm viel geholfen. Das ist allein die Sache meines Mannes, für wen er sich entscheidet. Ich habe kein Recht und auch sonst niemand, ihm Vorwürfe zu machen."

Er kam regelmäßig zu den Mahlzeiten und kam auch am Abend nach Hause. Meine Freundin empfing ihn immer freundlich und liebevoll. Eines Tages war die Romanze zu Ende, er konnte sich von seiner Frau und seinem Kind doch nicht trennen.

Eines Tages rief mich Robert auf der Arbeit an, ich solle schnell nach Hause kommen, es sei etwas passiert. Ich bettelte mich beim Kaderchef frei und hastete nach Hause. Dort sagte mir Robert, dass wieder eine Evakuierungsaktion im Gange sei. Eine Bekannte habe ihre kleine Tochter zu uns geschickt, sie hätte den Evakuierungsbefehl bekommen und hätte einen Blick auf die Liste werfen können und auch unseren Namen darauf gesehen.

Nun hatte meine Cousine aus Bukarest einmal zu mir gesagt: „Lasst Euch nicht einschüchtern, diese Evakuierungen sind alle illegal, ruf mich sofort an und ich werde entsprechende Schritte in Bukarest unternehmen." Mein Cousin und seine Frau waren beide sehr gute Ärzte und hatten dementsprechend eine sehr gute Klientel, darunter auch einflussreiche Parteimitglieder. Also rief ich gleich in Bukarest an, was damals nicht so einfach war, oft musste man stundenlang immer wieder anrufen, bis man verbunden wurde.

101

Robert sagte ich, dass ich mich den Leuten entgegenstellen werde und ihnen sagen, dass sie unsere Wohnung nur über unsere Leichen bekämen. Mein Entschluss stand fest.

Nun hatte Robert seine gute Freundin, deren Mann Staatsanwalt war. Beide waren Ungarn. Wir hatten den ganzen Tag gewartet, dass die sogenannte Kommission auch zu uns käme, aber es tat sich nichts. Die anderen vier oder fünf Familien, die in unserer Nähe wohnten, hatten sich einschüchtern lassen und waren schon fort. Am Abend in der Dunkelheit gingen wir zu Roberts Freundin und erzählten ihr und ihrem Mann, was sich zugetragen hatte, dass wir auch auf der Liste gewesen wären, dass ich in Bukarest angerufen hätte, dass sich aber bei uns nichts getan hätte.

Ob nun mein Anruf in Bukarest abgehört worden war und man uns aus diesem Grund in Ruhe gelassen hat, jedenfalls sagte Roberts Freundin ihm am nächsten Tag, dass die ganze Aktion von keiner Behörde genehmigt worden wäre, und somit illegal war.

Man lebte ständig mit angespannten Nerven, dauernd musste man sich vor etwas fürchten, mal war bei meinen Eltern etwas los, mal im Betrieb. Hier wurde oft kurz vor Arbeitsschluss bekannt gegeben, dass eine Sitzung stattfinden würde. Dann wurden die Tore versperrt. Wir wurden alle mit den Arbeitern in einen Saal gedrängt. Man wusste nie, um was es ging, meist wurde jemand irgendeiner Sache beschuldigt und angeprangert, die Arbeiter wurden aufgehetzt, die dann mit Fäusten drohten und schrien.

Ganz am Anfang meiner Tätigkeit bei dem Betrieb wurde wieder so eine Versammlung einberufen. Ich hatte so etwas noch nie erlebt. Der einzige deutsche Direktor, der noch im Betrieb arbeitete, wurde auf die Bühne gezwungen und irgendwelcher staatsfeindlicher Machenschaften beschuldigt. Er hatte keine Möglichkeit, dazu Stellung zu nehmen. In den ersten beiden Reihen saßen Arbeiter, darunter welche, die geistig behindert waren und nur zum Schleppen schwerer Eisenteile eingesetzt wurden. Sie wurden auf die Bühne gehetzt und schlugen auf den integren und vollkommen schuldlosen Menschen ein. Man holte ihn blutüberströmt von der Bühne herunter.

Ich war mehr tot als lebendig und taumelte den weiten Weg nach Hause.

Achtes Kapitel

Die Schreibmaschine, das Kader- büro und weitere Goldmünzen

Wie ich zu dem staatlichen Betrieb kam, ist auch eine typisch kommunistische Geschichte. Ende der vierziger Jahre wurde mir bewusst, dass ich mir irgendwo eine Anstellung suchen musste, denn egal, wohin man ging, besonders bei Behörden, wurde man zuerst nach den Personalien gefragt: „Wo arbeitet Ihr Mann?" Ich antwortete: „Mein Mann kann nicht arbeiten, denn er ist fast blind." „Wo arbeiten Sie?" „Nirgends." „Von was leben Sie?" „Wir wohnen bei den Schwiegereltern. Mein Schwiegervater ist Pensionist." Natürlich wusste jeder, dass die Pensionen so miserabel klein waren, dass davon kaum eine Person hätte leben können. Bis Ende 1948 lebten wir auch ausschließlich vom Verkauf unserer Sachen. Unter anderem hatten wir an die vierzig Perserteppiche, die wir sowieso kaum unterbringen konnten und auch versteckt hielten, denn um diese Zeit kam ein Gesetz heraus. Wenn jemand Ware hortete, konnte diese konfisziert werden.

Nun bekamen die eingeschriebenen Kommunisten alle sehr große Posten, ob sie nun vom Fach waren, schreiben oder lesen konnten, das war vollkommen gleichgültig, die Hauptsache war, sie waren Parteimitglieder. Früher waren viele arm gewesen, nun bekamen sie große Wohnungen, hatten dicke Gehälter, zu denen sie zusätzlich noch Prämien bekamen, wenn das Personal, das bis auf die

Haut ausgebeutet wurde, gut arbeitete, das hieß mitunter vollkommen gefälschte Bilanzen und hochgejubelte Erfolgsmeldungen über großartige Gewinne. Viele dieser Leute stahlen und wo es nicht möglich war, kauften sie zusammen, was sie nur konnten und so lebten wir von dem, was wir verkaufen konnten.

1946 wollten wir unsere wertvollen Sachen aus dem Bombenkeller holen, wo in Kisten verpackt mein 128 teiliges Rosenthalgeschirr, das Silber meiner Mutter und noch weitere wertvolle Porzellane waren. Das Kellerabteil, das wir vollkommen verbarrikadiert hatten, machten wir frei, die Kisten waren teilweise noch vorhanden, aber alle leer. Die kommunistischen Mitbewohner hatten uns ausgeraubt.

Robert hatte bei der Polizei noch bekannte und befreundete Kommissare, die gleich mit uns mitkamen und bei den Mitbewohnern eine oberflächliche Hausdurchsuchung machten. Natürlich wurden bei zwei Familien, von denen eine in meiner früheren Wohnung wohnte, verschiedene Teile unserer Sachen gefunden. Beide Familien waren eingeschriebene Parteimitglieder.

Als Robert nach zwei oder drei Tagen erneut zur Polizei ging, wurde er bedroht und ihm wurde gesagt, dass die beiden Kommissare auf dem Weg zum Donaukanal zur Zwangsarbeit waren. Damit war der Fall erledigt. Wir sahen nie wieder etwas von unseren Sachen.

Nun wurde mir bewusst, dass ich mir eine Stelle suchen musste, denn, wie lange hätten wir noch vom Verkauf unserer verbliebenen Sachen leben können? Außerdem wollte ich mich keinen ständigen Fragen nach unserem Lebensstandard aussetzen.

Also bewarb ich mich als Buchhaltungsangestellte bei einer Gesellschaft, die für Straßenbau zuständig war. Dort waren noch einige Deutsche angestellt. Aber schon nach einem halben Jahr wurde dieses Unternehmen umbenannt und bald darauf aufgelöst. Wer brauchte schon Straßen und Wege? Sie waren ja vorhanden, ob gut oder schlecht, das störte niemanden, zumindest niemanden von der Regierung.

Ich fand eine neue Anstellung in der enteigneten Siphonfabrik. Was ich vorher nicht wusste, war, dass ich keinen freien Feiertag mehr haben würde, denn an diesen Tagen musste die Bevölkerung mit Siphonwasser versorgt werden, mit dem alle Getränke verdünnt und gestreckt wurden. Es gab nur miserablen Wein, der sogar aus Rote Beete Rüben gemacht und verkauft wurde.

Da es für zerbrochene Siphonflaschen keinen Nachschub gab, wurden sie sehr wertvoll und ich musste jeden Monat Inventur machen, das hieß, dass ich mit den Pferdewagen, auf dessen Plattform die Kisten mit den Siphonflaschen waren, von Gasthaus zu Gasthaus fahren musste, bis an den Stadtrand zu den schäbigsten Kaschemmen, wo der Teller an den Tisch geschraubt und das Besteck mit Ketten am Tischrand befestigt war. Da der Kutscher in jedem Gasthaus eine Tuica oder Wodka bekam, war er schon nach kurzer Zeit stockvoll. In der Innenstadt winkten mir manchmal Bekannte lächelnd zu, aber im Allgemeinen begann man sich an die veränderten Verhältnisse zu gewöhnen.

Am Abend wenn die Kutscher zurückkamen, mussten sie abrechnen und hatten meist mehr Geld dabei, weil sie auch Trinkgelder bekommen hatten, aber schon so voll waren, dass sie nicht einmal die Münzen oder Scheine unterscheiden konnten. Besonders im Winter taten sie mir leid, und wenn mich niemand beobachtete, gab ich ihnen das Plus immer zurück.

Zu den Feiertagen von Väterchen Frost und zu Ostern musste ich sogar die Nächte durcharbeiten. In dem Raum, in welchem die Flaschen maschinell abgefüllt wurden, arbeiteten fünf bis sieben Mädchen in Gummistiefeln und schäbigen Gummimänteln im ungeheizten Raum. Plastik gab es damals noch nicht. Es war im Winter beißend kalt. Auch meine direkten Kunden ließen mir oft das Wechselgeld liegen, so dass ich am Abend, besonders vor Weihnachten, das es offiziell nicht mehr gab, eine kleine Summe zusammen hatte. Die Mädchen hatten auch die Nächte durchgearbeitet und ich fragte den Chef, ob wir nicht den Mädchen davon ein kleines Geschenk wie zum Beispiel ein paar Strümpfe machen sollten. Natürlich war er auch Parteimitglied, hatte aber nichts dagegen. Also lief ich schnell in die Stadt und kaufte jedem der Mädchen ein paar Strümpfe, das Geld reichte nicht ganz, ich legte von meinem zu.

In meiner kargen Freizeit hatte ich auch einiges gebacken und machte Päckchen mit den Strümpfen und einem kleinen Tannenzweig.

Dazu muss ich bemerken, dass ich kurz vorher in einer Versammlung für gute Arbeit ausgezeichnet wurde und dafür 100,- Lei bekommen hatte. Anfang Januar wurde ich im Büro von der Kaderchefin angerufen, ich möge mein Geld abholen. Ich frug: was für Geld? Worauf sie mir sagte: „Ja, wissen Sie nicht, Sie sind fristlos entlassen." Ich war schockiert und wollte mit meinem Chef reden, aber der war unauffindbar. Wir hatten ein relativ gutes Verhältnis. Ich ging also völlig ahnungslos in das Hauptbüro und zur Kaderchefin. Auf meine Frage, warum ich so Knall auf Fall entlassen werde, bekam ich zur Antwort, wegen der Geschenke an die Mädchen, wahrscheinlich wäre dort auch noch mehr Geld gewesen, das ich wahrscheinlich unterschlagen hätte. Das hatte man sicher auch dem Chef gesagt, der ganz genau wusste, dass das nie der Fall gewesen war, denn ich hatte ihm immer auch das Plus ausgehändigt, das er wahrscheinlich selber in die Tasche gesteckt hatte. Aber natürlich sagte ich darüber kein Wort. Ich ging noch einmal zurück, verabschiedete mich von den Mädchen, den Kutschern und vom Chef, der mir nicht in die Augen sehen konnte. Den einfachen Leuten tat es leid, dass ich gehen musste, aber es gab auch eine oder zwei, die mir nicht in die Augen sehen konnten.

Nun hieß es wieder Arbeit suchen. Über jeden Arbeitenden und Angestellten wurde ein Dossier angelegt mit Lebenslauf, sämtlichen Bewerbungen und Berichten, die die Partei über die Person von Freund und Feind herbeigeschafft hatte. Es war eine ständige Bespitzelung und man wusste nie, wem man trauen konnte und wem nicht.

Nun fürchtete ich, dass ich keine ordentliche Stelle mehr bekommen würde, weil ich nicht wusste, was für eine Beurteilung in dem Dossier über mich stand, warum ich geschasst worden war.

Irgendjemand sagte mir, ich solle mich bei einer Fabrik bewerben, die circa zwei km von unserem Haus entfernt war. Der Bus verkehrte zwar auf der Linie bis zum Bahnhof, aber er war in der Frühe und nach Arbeitsschluss am Abend nicht zu besteigen, die Menschen hingen wie Trauben in den Türen.

Ich bekam eine Stelle in der Materialbuchhaltung. Die Buchungen mussten im Akkord gemacht werden. Ich bekam aus einem bestimmten Lager Belege, auf denen beispielsweise die Anzahl der Nägel oder Schrauben stand, die musste ich dann mit dem Preis multiplizieren und verbuchen. Zweithundertfünfzig Buchungen waren für acht Stunden Arbeit mindestens vorgeschrieben. Stimmte aber das Gewicht oder die Anzahl der im Lager noch vorhandenen Werkzeuge oder Geräte nicht, musste ich über den ganzen Fabrikhof nach hinten in das Lager laufen und die Sache klären. Das kostete Zeit. Wenn wir auch andere Arbeiten machen mussten, zum Beispiel für die Statistik, kam es vor, dass wir statt acht Stunden zwölf und vierzehn Stunden arbeiten mussten.

Im Winter musste ich um fünf Uhr früh aufstehen, denn ich lief zu Fuß etwas über eine Stunde, besonders, wenn der Schnee hoch war und ich nicht unter der Burg gehen konnte, weil ich mich fürchtete. Das war im Sommer ein Promenadenweg, aber zu den Zelten, in denen ich ihn gehen musste, menschenleer. Das Fabriktor wurde pünktlich um sieben Uhr gesperrt, kam man zu spät, musste man dem Pförtner läuten, der einen noch etwas länger warten ließ und dann musste man dem Kaderchef eine Erklärung abgeben. Angestellte wie Arbeiter mussten an die Stechuhr.

Die Arbeit in der Fabrik war mein schlimmster Job. Noch einen Winter wollte ich den nicht mitmachen. Anfang 1950 starb meine Mutter. Sie hatte schon fast drei Jahre vorher einen Schlaganfall, den sie nicht ganz überwunden hatte. Am 31. Dezember 1949 war ich noch bei ihr zu Besuch. Wir waren zur Silvesterfeier bei Bekannten eingeladen. Mir war eigentlich nicht nach Feiern zumute. Meine Mutter versuchte, mich recht lange bei sich zu halten, ich aber wollte noch bei Tageslicht nach Hause gehen, denn bei Dunkelheit getraute sich schon niemand mehr auf die Straße, da viele Menschen überfallen und ausgeraubt worden waren.

Widerwillig ging ich dann noch mit Robert zu der Familie, die uns eingeladen hatte. Als die Schwarze Kirche zwölf Uhr schlug, gingen wir auf die Terrasse mit einem Glas in der Hand, in dem billiger, schlechter Wein war. Ich stieß mit Robert auf das Neue Jahr an, schaute in das Glas und es schüttelte mich. Zwischen drei und vier Uhr gingen wir nach Hause. Kurz vor sieben Uhr läutete es bei uns Sturm, die Frau des Hausmeisters war am Tor und rief mir zu, ich solle schnell zu meiner Mutter laufen, es ginge ihr schlecht. Ich zog mich schnell an und nahm unterwegs unseren Hausarzt mit. Als wir ankamen, lag meine Mutter schon in Agonie. Sie starb um zehn Uhr.

Elena war damals noch nicht evakuiert, ich schickte Jemanden hin, sie kam auch gleich, und zusammen zogen wir meine Mutter an. Meine Mutter wollte immer einen Eichensarg haben, ich hatte ihr fest versprochen, dass sie den bekäme. Nun war aber keiner aufzutreiben und so nahm ich einen Metallsarg. Die Beerdigung war sehr bescheiden, unser katholischer Stadtpfarrer war am Kanal zur Zwangsarbeit, die meisten Freunde meiner Eltern waren nicht in Kronstadt. Ein junger Pfarrer vollzog die Zeremonien schnell, denn es war eisig kalt. Als wir sie in der Gruft versenkten, dachte ich nur, jetzt kann ihr nichts mehr passieren.

Mein Vater blieb allein im Schlafzimmer, da es ziemlich groß war, wurde er nach kurzer Zeit in das Wohnzimmer, in welchem der Hauptmann schon wohnte, hinausgedrängt. Ich hätte ihn gerne zu mir genommen, aber wir wohnten auch so beengt, dass es nicht ging. Ich hoffte aber, doch eines Tages das zu unserer Wohnung gehörige Wohnzimmer zurück zu bekommen, was aber im Augenblick aussichtslos war.

Zu der Zeit war es gefährlich, ohne Personalausweis (Bulletin) in der Stadt herumzugehen, denn allenthalben wurden Razzien durchgeführt, und hatte man keinen Ausweis, wurde man kurzerhand zur Miliz gebracht und eingesperrt. Es konnte Stunden und Tage dauern, bis man wieder frei kam. Es wurde auch keine Gelegenheit ausgelassen, Menschen zu verprügeln, wenn nur der geringste Verdacht bestand, dass der Betreffende keinen Ausweis hatte, denn dann war er illegal in der Stadt und hatte vielleicht auch keine Wohnung.

Da die Gehälter zu der Zeit wirklich sehr klein waren, sechs- sieben- oder achthundert Lei, von denen man die Hälfte als Vorschuss zum Monatsanfang bekam und den Rest zur Monatsmitte, kam man mit Familie kaum über die Runden. Lebensmittel wurden knapp. Man musste für alles Schlange stehen. Wenn man etwas schwarz kaufte, musste man horrende Preise zahlen.

Robert hatte noch bis zur Verstaatlichung einen Freund, der eine Seifenfabrik besaß. Da Talg für die Herstellung der Seife benötigt wurde und dieser in den entsprechenden Betrieben vom Staat konfisziert wurde, gelang es Robert noch kurz nach dem Zusammenbruch aus einer Wurst- und Salamifabrik Talg abzuzweigen und seinem Freund zu bringen. Dieser machte ihm Toilettseife daraus, so dass Robert nach der Verstaatlichung einige tausend Kartons mit je sechs Stück Seife besaß. Natürlich waren diese Seifen ein wunderbares Tauschobjekt und er fuhr mit seinem Vater mit Bahn oder Bus fast täglich auf verschiedene Dörfer. Sie tauschten die Seife gegen Milch, Butter und Käse.

Als aber die Bevölkerung von den Behörden immer mehr bedroht wurde, dass man wegen gehorteter Waren schwer bestraft werden würde, hörte der Tausch der Seife langsam auf. Robert verteilte seine Seife bei Freunden und Bekannten.

Manni, ein Bekannter, kündigte eines Tages bei seinem Arbeitgeber., Er sagte, es lohne sich nicht für ein Hungergehalt zu arbeiten. Mit Schwarzgeschäften könne er an einem Tag mindestens das Zehnfache verdienen. Dass er Robert mit der Zeit in seine unreellen Machenschaften mit hineinziehen könnte und es schließlich auch tat, erfuhr ich erst, als sie in vollem Gange waren und fast lebensgefährlich waren. Diese Geschäfte bestanden darin, dass sie Leute ausmachten, die um überleben zu können, etwas von ihren Sachen verkaufen mussten. Fast jeder hatte etwas versteckt. Natürlich wurden die Leute betrogen, denn Manni verlangte immer weit überhöhte Preise und gab den Besitzern dieser Sachen nur gerade das Allernötigste. Ich glaube, Schwarzgeschäfte waren damals in ganz Europa gang und gäbe.

Robert hatte einen Kumpan gefunden und freute sich, dass er mehr Geld nach Hause brachte als ich verdiente. Ich kümmerte mich zunächst nicht um die Sache. Als aber Robert teilweise fast die ganze Nacht wegblieb, machte ich mir Sorgen und weckte zwei- oder dreimal in der Nacht meinen Schwiegervater und bat ihn, mit mir mitzugehen und Robert zu suchen. Weder bei der Miliz, noch in den Krankenhäusern war er zu finden. Es hätte ja auch ein Unfall sein können. Als er fröhlich und manchmal auch leicht beschwipst ankam, machte ich ihm Vorwürfe, was er auf die leichte Schulter nahm. Als er mir dann aber einmal erzählte, was er mit Manni spät Nachts machte, war ich entsetzt. Manni hatte zwei Taxifahrer und einen Bäcker ausfindig gemacht, der ihnen, wenn er Nachtschicht hatte, am Fenster zwei, drei Säcke Mehl hinausgab. Diese Säcke transportierten sie zu Manni's Frau und ihrer Familie. Diese portionierten das Mehl in kleinere Mengen und verkauften es natürlich zu überhöhten Schwarzmarktpreisen. Die staatlichen Geschäfte verkauften ganz selten Mehl und auch dann nur nach stundenlangem Schlangestehen.

Eines Tages ging ich zu Mannis Frau. Damals gab es weder Tüten, noch entsprechende Behälter. Bei flüssiger Ware musste man immer Flaschen mitnehmen oder abgeben. Nun hatte jemand bei Mannis Frau Mehl gekauft, wahrscheinlich nur lose in Zeitungspapier verpackt, und jetzt führte eine Mehlspur auf dem Gehweg bis in den Hof und die Wohnung der Familie.

Ich ging hinauf zu ihnen und warnte sie. Was sie taten, war gefährlich. Ich bat sie inständig, mit dem Geschäft aufzuhören. Zu Hause nahm ich mir meinen Mann vor und erklärte ihm klipp und klar, wenn er in die Bredouille käme, würde ich keinen Finger für ihn rühren. Er lachte nur und machte sich über mich lustig. Bis er eines Nachts keuchend vor meinem Bett stand und sagte, dass die Miliz hinter ihm her sei und ich nachsehen solle, ob wir etwas Verdächtiges oder Gefährliches im Haus hätten. Tatsächlich gab es eine Razzia als sie gerade mit den Taxichauffeuren in einer Kaschemme saßen und das Geld untereinander aufteilen wollten. Robert flüchtete mit der Aktentasche in eine Toilette, versperrte die Tür und blieb darin bis die Miliz das Lokal geleert hatte. Dann zwängte er sich mit der Aktentasche voller Geld durch das sehr enge Fenster. Zum Glück wurde er nicht verfolgt, aber sicher war er sich nicht. Er hatte Angst. Ich blieb im Bett liegen und war fassungslos.

Dadurch, dass ich mir 1949 eine Stelle gesucht hatte, wurde mein Haus nicht verstaatlicht, denn ich war ja – im campul muncii – was so viel hieß wie im Arbeitsfeld, also in's kommunistische Regime integriert.

Ich bin auch heute noch davon überzeugt, dass die Tatsache, dass ich arbeitete, dass ich mich unterordnete, uns vor vielem bewahrte. Vor allem vor der Evakuierung.

Inzwischen hatte sich Manni als richtiger Ganove entpuppt. Eine Witwe, die ich kannte, weil sie vor Jahren damals noch mit ihrem Mann von uns eine Wohnung gemietet hatte, besaß von ihrem Mann noch viele gute Anzüge und musste diese und auch

Kleider von sich selbst verkaufen, um überleben zu können. Sie hatte Manni und Robert auf den Dachboden geführt, wo sie die Kleidungsstücke aufbewahrte. Manni hatte dieser Frau alles gestohlen, was sie dort hatte, denn als sie wieder einmal etwas verkaufen wollte, waren Schrank und Kiste leer.

Auch meine Eltern hatten einen großen Reisekoffer voller Stoffe in ihrem Zimmer. Die Stoffe stammten aus dem Betrieb, in dem mein Vater Jahrzehnte als Buchhalter angestellt war. Denn die Angestellten bekamen zu jedem Feiertag immer Stoffe, konnten zum Herstellungspreis auch welche in der Niederlassung kaufen, und bekamen auch Musterware. Ich weiß nicht, wer den Inhalt dieses Koffers gestohlen hat, es waren bestimmt Stoffe für fünfzig Anzüge und Mäntel in dem großen Koffer. Als mein Vater starb, war nichts mehr davon vorhanden.

Die Sache mit Manni hatte aber noch lange kein Ende. Er verhielt sich auf eine Art und Weise wie ich es vorher und nachher nie mehr erlebt habe.

Er begann seine Frau schon während ihrer Schwangerschaft zu schlagen, er terrorisierte sie und seine Schwiegereltern in einer fürchterlichen Art, als hätte man damals nicht genug Sorgen gehabt. Als das Kind geboren war, entführte er es zweimal. Seine Frau musste die Miliz in Anspruch nehmen und holte sich das Kind zurück. Endlich kam es zur Scheidung. Mannis Frau kam zu mir und bat mich inständig, beim Scheidungstermin zu bezeugen, wie er sie und ihre Eltern schikaniert hatte. Als zweiter Zeuge sollte ein früherer Schulkollege fungieren, der in der Nähe bei seinen Eltern wohnte. Sie fürchtete, dass der Sohn Manni zugesprochen werden könnte. Mit Bestechung ging damals viel. Noch eine Verwandte, die das ganze Elend miterlebt hatte, war Zeugin.

Sie bekam ihr Kind zugesprochen und Manni durfte das Haus nicht mehr betreten, außerdem distanzierten sich alle Freunde und Bekannte von ihm.

Aber kaum vergingen ein paar Wochen bekamen alle, die mit Mannis Frau und ihren Eltern befreundet waren, den Evakuierungsbefehl und mussten innerhalb von ein paar Stunden ihr Heim verlassen.

Eines Tages kam ein Gesetz heraus, dass jeder, der eine Schreibmaschine besaß, diese anmelden musste: Marke, Seriennummer, alle Buchstaben auf demselben Bogen abgetippt und unten die genaue Adresse und persönliche Daten.

Ich nehme an, die Machthaber hatten Angst, dass man Flugblätter tippen und verbreiten könnte. Selbstverständlich meldete ich, dass wir eine Schreibmaschine besaßen.

Es vergingen einige Jahre. Plötzlich wurde, als wir nicht zu Hause waren, mit Miliz und Securitate bei uns Hausdurchsuchung gemacht. Das zweite Mal überraschte mein Schwiegervater die drei oder vier Leute und frug sie, was sie suchten. Einer antwortete, eine Schreibmaschine. Als er ihnen sagte, dass sie sie ja schon gefunden hätten, sagte man ihm, es soll aber noch eine zweite da sein. „Es gibt keine zweite, aber wenn Sie eine Schreibmaschine suchen, warum schauen Sie auch in Schubladen und an Orten, wo es keine Schreibmaschine geben kann?" Nachdem er sie das gefragt hatte, verließen sie das Haus.

Das dritte Mal überraschte sie mein Schwiegervater erneut und frug die vier Männer, was sie suchten, da diese auch wieder in Schubladen wühlten, in denen keine Schreibmaschine Platz gehabt hätte. Bei solchen Aktionen fürchtete jeder, dass man eine Waffe einschmuggelte. Den Beweis zu erbringen, dass man nie eine besessen hatte, war schwer.

Wir wurden auch öfter in der Nacht geweckt. Zwei oder drei Männer standen beim Tor und wollten die Schreibmaschine sehen. Manchmal reichte es, wenn ich sie am Fenster hochhielt, manchmal musste ich sie hereinlassen. Nach einem Blick auf die Schreibmaschine verließen sie das Haus wieder. Das ging so lange, bis ich Robert inständig bat, die Maschine zu verkaufen, was er nach einiger Zeit auch tat. Ihm fiel es besonders schwer, sie wegzugeben, weil er nur auf der Schreibmaschine schreiben konnte. Die Schreibmaschine hatte auf verschiedenen Buchstaben kleine Knöpfchen. Da Robert nicht sehen konnte, spürte er durch die Knöpfchen, welcher Buchstabe es war, und konnte blind schreiben. Zeitweilig saß er fast täglich an der Schreibmaschine und schrieb seinem Bruder und seiner Schwester nach Deutschland. Ich machte ihn eines Tages darauf aufmerksam, dass alle Briefe ins Ausland zensuriert wurden und bat ihn, vorsichtig zu sein. Nachdem wir die Schreibmaschine weggegeben hatten, wurde nicht mehr nach ihr gefragt.

1950 wurde ich schwanger. Ich ging fast bis zum letzten Tag ins Büro. Der lange Weg zur Arbeit fiel mir besonders im Herbst und Winter schwer. Da ich schon 33 Jahre alt war, ließ ich mich von zwei

Frauenärzten betreuen und bekam sehr gute Rat-
schläge. Im siebten Monat riet man mir, nicht mehr
zu viel zu essen und mich gesund zu ernähren. Ich
sollte mich täglich beim Duschen mit einer harten
Bürste, besonders an der Brust gut bürsten, dann
würde ich später beim Stillen des Kindes keine
Schwierigkeiten haben. Ich sollte mir ein Mieder
machen lassen, das nicht den Körper unnötig ein-
zwänge, aber den Leib unterstütze und bekäme
dann keine Geweberisse. Ich befolgte alles, was
man mir riet, auch, dass ich mir ein Säckchen rei-
nen Sand vom Schwarzen Meer bringen lassen
sollte und dieses Säckchen gleich nach der Geburt
auf den Bauch legen sollte.
Die rumänischen Kommunisten hatten den Deutschen sofort nach dem Umsturz die Schulen enteignet. Aus dem Honterusgymnasium wurden die
Orgelpfeifen aus der Aula herausgerissen. Knapp
zwei Tage nach dem 23. August 1945 flogen die Vo-
gelpräparate des Museums aus dem Fenster auf
die Straße. Und auch Bücher, Bücher und wieder
Bücher wurden herausgeworfen. Niemand wagte
es, hinauszugehen und etwas aufzusammeln. Die
Aula war groß und ging über zwei Stockwerke.
Später wurde eine Decke eingezogen, alle größeren Räume durch Wände geteilt und ein Krankenhaus daraus gemacht. Irgendwo, ich glaube sogar
außen über der Eingangspforte, wurde ein Spruch
angebracht: „Der Mensch ist das wertvollste Kapital
der Welt". Das war der größte Hohn, denn jeder-
mann wusste, dass die Gefängnisse übervoll waren und viele Menschen nicht mehr lebend heraus-
kamen.

Siebenbürgen war ein sehr schönes Land, Kronstadt eine schöne, deutsche Stadt, in welcher Menschen dreier Nationalitäten wohnten und wo es keine Gehässigkeiten nationaler oder rassistischer Art gab.

Das soll aber nicht heißen, dass ich nach dem Motto „ubi bene, ibi patria", wo es mir gut geht, da ist mein Vaterland, lebte. Natürlich strebt jeder Mensch nach materieller Sicherheit, aber wenn man feststellt, dass man von Tag zu Tag ärmer wird, nicht nur an eigenen Gütern, sondern dass zerstört wird, was einem lieb und teuer war, dann leidet man und dies Leiden nimmt mitunter Ausmaße an, die das Leben plötzlich wertlos machen, die verzweifeln lassen, wo eine Welt zerfällt, die einem so geordnet und intakt erschien, dass man den letzten Glauben verliert.

Durch unsere Gärten wurde eine Sackgasse geschlagen und rechts und links wurden Häuser gebaut. Dazu musste man die großen, alten Nussbäume und zahllose Obstbäume abhacken. Die neuen Häuser standen alle so eng zusammen, dass es nur noch kleine, dunkle Zwischenräume gab, also keinen Hof und keinen Garten.

Auf ein Gelände, das sich fast im Stadtzentrum befand und das auch den Deutschen gehört hatte, der Tränengrube, daneben war ein Friedhof, wurde eine Oper gebaut. Als aber das Grundstück zu nah an den Friedhof kam, wurde in einer Nacht- und Nebelaktion die Mauer mit den Grüften abgerissen, und Arbeiter mussten die Gräber öffnen. Mit Mistgabeln wurden die Toten oder ihre Gebeine in kleine Kisten geworfen und in ein Massengrab auf einem anderen Friedhof auf der Postwiese geworfen.

Der wunderschöne Honterusplatz, zwei oder drei Kilometer außerhalb der Stadt, wo jedes Jahr das Honterusfest mit sämtlichen Schulen und Vereinen gefeiert worden war, wurde mit hässlichen Plattenbauten verbaut. Das waren alles Orte, die für uns eine große Bedeutung hatten. Alle Straßen und Plätze unserer Stadt, vormals mit deutschen Namen, Michael-Weißgasse, Burggasse, Katarinengasse, Waisenhausgasse, Klostergasse usw., wurden umbenannt. Die Bahnstrasse hieß jetzt Karl-Marx-Straße, der Rudolfsring wurde zum Stalinboulevard, die Brunnengasse zum Leninboulevard. Kronstadt selbst wurde in Stalinstadt umbenannt und am Rudolfsring stand nun ein Stalindenkmal.

Der Höhepunkt aber war, dass gebaut und gebaut wurde, aber die Infrastruktur der Stadt vollkommen vernachlässigt wurde. Das Schlimmste war der Wassermangel. Es gab mehrere Tage kein Wasser. Die ganze Stadt hatte kein Wasser. Hörte man es nachts in der Leitung gurgeln, sprang man sofort aus dem Bett, die Wasserhähne wurden geöffnet und sobald das Wasser lief, wurden alle Töpfe, Eimer und Badewannen gefüllt. Dadurch wurde dann wieder zu viel Wasser auf einmal verbraucht.

Die Straßen verkamen in kürzester Zeit. Straßenfeger gab es nicht mehr. Dreck und Ungeziefer verbreiteten sich schlagartig. Dazu kam, dass Hygiene ein Fremdwort wurde, denn Seife und Putzmittel wurden nur noch selten in verschiedenen Stadtteilen in sehr geringen Mengen auf Karte verteilt.

Dazu kam, dass es selbst in der eigenen Wohnung keine Sicherheit mehr gab. In Abwesenheit und ohne Zeugen wurden Hausdurchsuchungen gemacht. Es wurden einem Sachen ohne eine behördliche Anordnung weggenommen. Bei solchen Gelegenheiten wurden den Leuten in der Wohnung Wanzen (Abhörgeräte) angebracht. Dann wurden die Leute zum Verhör geschleppt, das Abgehörte wurde ihnen vorgehalten. Leugnen nützte ihnen nichts. Im Gegenteil, sie wurden verprügelt und für mehr oder weniger lange Zeit eingesperrt. Man lebte in ständiger Angst, manchmal sogar selbst vor den eigenen Familienangehörigen.

Die Versorgung im Krankenhaus klappte nicht. Durch die Verstaatlichungen begann im ganzen Land bei allen Belangen des täglichen Lebens ein unbeschreiblicher Mangel einzutreten. Es fehlte an allem. Und das in einem Land, das vorher in ausreichender Menge über Agrarprodukte verfügt hatte. Man konnte immer genug Obst und Gemüse, Milch und Milchprodukte und Fleisch- und Wurstwaren erhalten. Jetzt brauchte man für alles einen Bezugsschein, aber selbst das half einem nicht weiter, wenn es die Produkte nicht gab. Die Planwirtschaft funktionierte nicht, sondern brachte nur Elend. Nicht nur Lebensmittel, darunter auch Grundnahrungsmittel wie Mehl, Öl, Butter, Zucker und Milch wurden knapp, auch das Wasser war knapp, zeitweilig gab es auch keinen Strom und kein Gas zum Heizen. Man musste sich für alles und jedes anstellen und wenn man eine Schlange vor einem Geschäft sah, war es gleichgültig, was es dort gab, man stellte sich sofort an. Beim Warten, das oft lange dauern konnte, unterhielt man sich mit den anderen, musste dabei aber vorsichtig sein und genau darauf achten, was man sagte.

Auch in diesen Warteschlangen befanden sich Spitzel der Securitate. Wer sich beklagte, konnte sofort verhaftet werden und verschwand im Gefängnis.

Im ganzen Krankenhaus war es sehr kalt, als meine Tochter auf die Welt kam. Man konnte buchstäblich keinen Raum heizen. Als Robert das merkte, brachte er mir einen kleinen elektrischen Heizofen. Als der Arzt zur Visite kam, bettelte er mich an, den Heizofen für das Babyzimmer zu geben, wo sich auch meine Tochter befand.

Als Robert am nächsten Tag kam, war seine erste Frage, wo ist der Elektroheizer? Als ich es ihm sagte, ging er sofort los und brachte einen größeren. Wieder kam der Arzt zur Visite und bettelte mir auch diesen ab. Dieses Mal war es für den Kreissaal. Wieder brachte mir Robert einen anderen, den gab ich aber nicht mehr her.

Ich hatte viel Milch und meine Tochter gedieh prächtig. Wieder bettelte mich der Arzt an, er habe zwei Frauen, die kleine Frühchen hatten und keine Milch. Also wurde mir täglich Milch abgepumpt, sobald meine Tochter getrunken hatte. Es war damals so, dass man nur sehr schwer Babynahrung bekam.

Ich hatte für meine Tochter eine wunderschöne Babyausstattung teils machen lassen, teils selber gemacht. Kaum war das Kind aus den ersten Sachen ausgewachsen, wurden sie mir schon abgebettelt. Da man auch die einfachsten Sachen für Kleinkinder nicht bekommen konnte, fertigte ich zwei Matratzen aus Maiskolbenblättern, die wir ganz fein splissten. Wir hatten sie vorher gewaschen und an der Sonne trocknen lassen.

Während es in Deutschland spätestens ab 1950 bergauf ging, ging es in Rumänien rasant bergab. Die Armut wurde im Volk immer größer. Man wurde von Tag zu Tag immer ärmer, nur die Parteimitglieder wurden immer reicher, denn sie hatten Einkommen, von denen man sich auch Antiquitäten, Schmuck, Teppiche kaufen oder auf andere Weise beschaffen konnte. Auf andere Weise konnte heißen durch Erpressung und Bedrohung.

Da man nun fast keine Reinigungsmittel mehr bekam, wurde alles zusehends dreckiger. In den Betrieben gab es keine Toilettenfrauen, was man da erlebte, spottete jeder Beschreibung.

Während ich bei dem staatlichen Betrieb war, musste ich morgens spätestens um sechs Uhr aus dem Haus. Ich schüttete irgendeine Flüssigkeit – Tee oder Kaffee ohne nichts in mich hinein, dann lief ich schon los. Wenn Wasser kam, konnte ich mich waschen, bzw. duschen, ansonsten musste ich mich mit einer Katzenwäsche zufrieden geben. Die ganze Stadt verfiel immer mehr, die Straßen waren so verdreckt, dass man bei Wind mit einem Tuch vor dem Mund gehen musste, weil der Staub zwischen den Zähnen knirschte.

In dieser Zeit verließ ich das Haus, als mein Kind noch schlief. Oft wenn wir länger arbeiten mussten, oder diese fürchterlichen Versammlungen mitmachen mussten, sah ich mein Kind auch dann, wenn ich wieder nach Hause kam, nur schlafend. Nur am Sonntag wenn ich sie morgens baden konnte, fiel mir auf, dass sie wieder ein Stück gewachsen war. Aber auch dieser freie Tag sollte uns oft gestohlen werden. So läutete eines Sonntags früh eine Frau und sagte, ich sei zum Straßenkehren eingeteilt, ich solle gleich mitkommen. Da platzte mir der Kragen. Ich schrie sie vom Fenster aus an: „Ich habe ein kleines Kind, das ich nur am Sonntag nicht schlafend sehe. Dieser Tag gehört meinem Kind, suchen Sie sich jemand anderen!" und schloss das Fenster. Obwohl ich es befürchtet hatte, hatte es keine Folgen für mich.

Als ich merkte, dass ich diese Rennerei, den langen Weg und die vielen Überstunden nicht mehr lange aushalten würde, sah ich mich nach einer näher liegenden Stelle um und fand tatsächlich eine. Mitten im Stadtzentrum wurde bei einem verstaatlichten Betrieb eine Bürohilfe gesucht und ich bewarb mich. Der Chefbuchhalter war ein früherer Studienfreund von Robert und ich bekam die Stelle der Finanzbuchhalterin. Ich erhielt sogar ein besseres Gehalt und ich musste nicht mehr zwei Stunden am Tag zur Arbeit laufen. Bei der Kündigung im alten Betrieb erklärte ich dem Kaderchef, dass ich bei meinem Kind sein wolle und mir eine andere leichtere Stelle suchen werde. Es gab keine Schwierigkeiten.

Ich weiß nicht wie es heute in den Betrieben ist, aber in den verstaatlichten Unternehmen gab es eine Gehaltsliste, in der vom Direktor bis zum kleinsten Arbeiter die jeweilige Klasse aufgelistet war. Es ging das Gerücht um, dass die meisten Leute mit Parteibuch mit der linken Hand die Berufsbezeichnung abdeckten und nur auf das ausgeschriebene Gehalt sahen. Ob dort nun Ingenieur stand oder etwas anderes, es war ein höher dotierter Posten und den wählte man, ob man das notwendige Wissen hatte oder nicht. In den Gehaltslisten war staatlicherseits für jede Berufsgruppe festgelegt, welches Anfangsgehalt man erhielt. Ebenfalls vom Staat geregelt war, wie viel mehr man nach wie vielen Jahren Tätigkeit verdienen konnte. Die Einkünfte von vier Berufsgruppen suchte man jedoch in diesen Listen vergeblich. Nicht aufgeführt war das Gehalt der Miliz, der Geheimpolizei, der höheren Parteimitglieder und der Armee. Für Angehörige dieser Berufsgruppen beziehungsweise für hohe Parteifunktionäre gab es sogar ein eigenes Geschäft in Kronstadt, in dem nur sie exklusiv alles erhielten, das für das normale Volk unerreichbar war.

Der Direktor des verstaatlichten Betriebes hatte nicht die Qualifikation, die er für seinen Posten hätte haben müssen. Aber es stand ihm ein Auto mit Chauffeur zur Verfügung, entsprechend wichtig fühlte er sich. Die leitenden Angestellten bekamen, wenn der Betrieb glatt lief und in der Statistik nach jedem Quartal ein Plus vorgezeigt wurde, eine Prämie.

Als Finanzbuchhalterin war ich dafür verantwortlich, dass nach Auszahlung der Löhne und Gehälter das Konto bei der Bank nicht überzogen wurde, sonst war die Prämie zum Teufel. So ließ mich der Direktor regelmäßig zu sich beordern und frug mit bösem Blick und martialischer Stimme: „Wie stehen wir mit dem Konto?" Er hatte keine Ahnung von Buchhaltung. „Genossin, wenn Du das Konto überziehst, schmeiß ich Dich durch das geschlossene Fenster auf die Straße." Nun hing das Bankkonto und die Beträge, die sich darauf befanden, nicht allein von mir ab. Also ging ich, wenn ich dem Menschen entkommen war, zu dem Kollegen, der die Aprovizionare (Lieferung) unter sich hatte und bat ihn inständig, vor Quartalsende keinen Waggon Mehl mehr zu bestellen. Er war ein sehr netter Mensch, wusste natürlich, um was es ging, und so konnten wir uns meistens einigen.

Als Finanzbuchhalterin war ich gehaltsmäßig höher eingestuft als manch ein Mann in einer anderen Abteilung. Das führte bald zu Gehässigkeiten und Intrigen.

Wir mussten, wenn wir unseren Arbeitsplatz verließen, alles, auch das kleinste Blatt Papier wegräumen und wegsperren, denn es konnte ein Firmengeheimnis an den Klassenfeind verraten. Der letzte Blick ging also immer unter die Schreibunterlage, eine Pressplanplatte, dann erst konnte man beruhigt den Arbeitsplatz verlassen. Eines Morgens hieß es, Sitzung (sedinta) beim Direktor. Gleich als ich den Raum betrat, wurde ich angegriffen. Ich hätte Akten unter der Unterlage meines Schreibtisches liegen gelassen und ich gebe dem Klassenfeind die Möglichkeit, uns auszuspionieren. Zum Glück stand mir wieder mein Kollege bei, der vis á vis von meinem Schreibtisch saß und den Mut hatte, mir beizustehen und zu sagen, dass es nicht stimmen könne, da er gesehen habe, dass ich immer vor dem Verlassen meines Platzes die Schreibunterlage hochhebe und auch die Schubladen kontrolliere, ob sie abgesperrt seien.

Ein anderes Mal wurde ich wieder bei einer Sitzung beim Direktor angegriffen und wurde sogar an der Tafel, die im Flur hing, beschuldigt, dass ich, wenn ich in den Betrieb käme, die Kollegen nicht begrüße. Ich hätte Bourgeoismanieren. Wieder fand sich zu meinem Glück eine Kollegin, die gleich beim Eingang saß, die den Mut hatte, zu sagen, dass sie bezeugen kann, dass ich immer laut und freundlich grüße.

Nun wusste ich, dass an meinem Stuhl gesägt wurde. Als ich am Monatsende immer die Gehaltslisten machen musste, und oft bis Mitternacht und länger arbeiten musste, kam plötzlich ein Mann in einer leitenden Stellung in mein Büro und versuchte, sich an mich heranzumachen. Ich musste ihn schnell abwimmeln, denn die Arbeit drängte und ich musste am nächsten Tag pünktlich bei der Bank sein, um die Gehälter zu beheben, denn da kamen alle Firmen und man wurde so zurückgedrängt, dass man erst gegen Mittag das Geld bekam. Dann warteten die Arbeiter schon im Büro und waren aufgebracht, als wäre man selber schuld an der späten Auszahlung.

Also sagte ich zu dem Mann: „Soviel ich weiß, sind Sie verheiratet und haben auch Kinder. Sie wissen, dass auch ich verheiratet bin, warum wollen Sie uns beiden Schwierigkeiten machen? Abgesehen davon ist dies weder ein guter Zeitpunkt, noch der richtige Ort, oder wollen Sie mich in eine unangenehme Lage bringen?" Damit zog er ab, aber ich hatte einen Feind mehr.

Eines Tages wurde ich während der Arbeitszeit ins Kaderbüro gerufen. Dort saß unsere Kaderchefin und noch zwei Männer, von denen ich später erfuhr, dass sie von der Securitate waren. Mein Dossier mit meinem Lebenslauf lag vor ihnen. Ich wurde über verschiedene Sachen ausgefragt, dann kam die Frage wie oft ich im Ausland war. Diese Frage hatte ich nicht in meinem Lebenslauf beantwortet und machte auch jetzt den Fehler, zu sagen, ich wäre nie im Ausland gewesen. Da stellte sich heraus, dass sie in meinem Haus die Mieter und sogar meinen Vater ausgefragt hatten. Er hatte ahnungslos gesagt, dass ich 1942 in Deutschland und Österreich gewesen sei. Nun konnte ich sagen, was ich wollte, ich bekam immer wieder gesagt: „Sie lügen!"

Ich wurde fix und fertig gemacht. Als ich nach Stunden wieder ins Büro kam, lehnte ich mich im Eck an den großen Kachelofen. Meine Füße wollten mich nicht mehr tragen. Keiner frug, aber alle wussten, was los war. Von meinen direkten Kollegen wurde ich geachtet und mit Sympathie behandelt, aber den Parteigenossen und Kommunisten war ich ein Dorn im Auge, trotz Anpassung und Bescheidenheit, ich war für sie nicht proletarisch genug.

Dann sollte eine Umorganisation des Betriebes vorgenommen werden, da war nicht nur ich sicher, dass man mich schassen würde. Nervlich war ich ziemlich angeschlagen und unter dem Vorwand, ich hätte Kopfschmerzen und wolle mir aus der Apotheke dagegen ein Mittel holen, ging ich und lief in der Burzengasse, unweit vom Büro, zu einer Bekannten, die Horoskope mit wirklich erstaunlichen Vorhersagen machen konnte. Bei ihr bekam ich einen Weinkrampf und erzählte, was sich in meiner Umgebung abspielte. Worauf sie sofort mein Horoskop anschaute und sagte: „Aber Kinderl, das ist doch gar nicht so schlimm. Sie bleiben nicht in diesem Büro, aber es schaut aus, als gingen Sie bei einer Türe hinaus und gleich bei der nächsten wieder hinein." Natürlich konnte ich mir darunter nichts vorstellen, aber es kam genau so.

Im Nebenbüro befand sich die Statistik. Dort saßen drei ganz reizende Frauen, d. h. eine Frau und zwei

Mädchen. Sie waren Rumäninnen. Die ganze Zeit hatte ich sie schon beneidet, denn praktisch hatten sie immer nur am Monats- oder Quartalsende zu tun. Ansonsten schlüpften sie öfter aus dem Haus, und da unser Betrieb sehr zentral gelegen war, gingen sie einkaufen, holten sich etwas zu Essen usw. Hierhin wurde ich versetzt, also nicht entlassen, womit ich fest gerechnet hatte.

Bevor ich aber zur Statistik versetzt wurde, geschah noch folgendes: Wir hatten einen „Freund", der immer wieder betont hatte, dass wir seine besten Freunde seien. Er hieß Manfred und so wie Robert glaubte auch ich ihm.

Als ich eines Tages aus irgendeinem Grund auf den Dachboden ging, stand dort eine Kiste, die ich nicht kannte. Als ich Robert fragte, wem die Kiste gehöre, sagte er mir, dass besagter Manfred mit seiner Freundin Schluss gemacht habe und die Kiste bei ihr gestanden habe, er sie aber von dort weg haben wollte und Robert gebeten hatte, sie bei uns unterstellen zu können. „Weißt Du, was drin ist?" frug ich. Manfred hatte es ihm nicht gesagt. Ich meinte, er hätte sagen müssen, was drin ist, denn warum sollte er die Kiste nicht bei sich zu Hause haben? Bei erster Gelegenheit bat ihn Robert, die Kiste wegzuschaffen, er könne als Ausrede sagen, der Dachboden werde gereinigt.

Viel später stellte sich heraus, dass Manfred im doppelten Boden der Kiste Goldmünzen versteckt hatte. Inzwischen hatte er eine andere Freundin in einem Dorf in der Nähe von Kronstadt, wo er die Kiste im Stall untergebracht hatte. Es war verboten, Goldmünzen aufzubewahren, beziehungsweise in Besitz zu haben. Wenn bei jemandem Goldmünzen gefunden wurden, wurde der Betreffende sofort eingesperrt. Wehe er hatte geleugnet und man fand sie bei Hausdurchsuchungen. Dann wurden die Leute im Gefängnis so torturiert, dass sie daran starben, im besten Fall kamen sie gebrochen an Leib und Seele heraus. Die Behörden machten eine Jagd nach Gold, die unvorstellbar war.

Ein Herr, der schon lange in einer Bank beschäftigt war, noch lange vor dem Umsturz, wurde eines Tages, als er zum Mittagessen auf dem Heimweg war, auf der Straße festgenommen und, wie wir später erfuhren, nach Bukarest zur Securitate gebracht. Dort wurde er gezwungen, eine Liste der Bankkunden zu machen, denen er vor dem Umsturz noch Goldmünzen verkauft hatte, sonst werde er Weihnachten und das nächste Jahr nicht zu Hause verbringen. Natürlich versuchte er, erst Leute anzugeben, die das Land schon verlassen hatten. Das half aber nichts, die Securitate hatte eine Liste aller Bankkunden, da gab es kein Entkommen mehr.

Nach mehr als einem Jahr kam der Mann wieder nach Hause, inzwischen hatte die Securitate alle Leute, die Kunden der Bank gewesen waren, aber auch deren Kinder, durch die Mangel gedreht, so auch Manfred, dessen Vater seinerzeit Goldmünzen gekauft hatte, aber schon lange tot war.

Als Manfred vor dem Securisten stand, forderte der ihn auf, sich zu entkleiden, er war ein sehr schön und gut gebauter Mann. Als er völlig nackt vor ihm stand, sagte er: „Und nun sag schön, wo Du das Gold Deines Vaters versteckt hast, denn wenn Du es nicht sagst, täte es mir leid, wenn ich Dich in den Keller schaffen lasse und Dich nicht wiedererkenne, wenn man Dich herauf bringt." Manfred sagte es. Dann fuhren sie hinaus in das Dorf. Das Gold war in besagter Kiste.

Manfred arbeitete auch in der Fabrik, in der ich vorher war und als wir uns einmal trafen, bat er mich, ihm auch eine Stelle bei dem verstaatlichten Betrieb zu beschaffen, bei dem ich dann arbeitete. Zufällig wurde gerade ein Revisor gesucht und er wurde auch als solcher bald darauf angestellt. Ich hatte keine Ahnung, was für eine Schulbildung er hatte. Er hätte wissen müssen, was von ihm verlangt wurde, jedenfalls nahm er den Posten an.

Zum Ende eines Monats saß ich wieder über den Gehaltslisten, da kam Manfred in mein Büro und sagte, dass sein Bus erst in einer Stunde oder später fahren würde, ob er mir nicht helfen könne. Ich gab ihm eine Liste mit nur sechs Posten und erklärte ihm, was zu tun sei und dass die Endsumme zuletzt in der Senkrechten wie in der Waagerechten stimmen müsse. Er machte den Eindruck, als wäre ihm so etwas geläufig. Als er gehen wollte und mir die Liste gab, frug ich, stimmt es? Ja sicher, war seine Antwort. Ich kontrollierte nicht, machte alles andere fertig und ging gegen ein Uhr nachts nach Hause.

Am nächsten Morgen bekam ich die Gesamtsumme von der Bank, von wo ich das Geld holen musste – und es stimmte nicht. Also begann ich alles wieder durchzurechnen, ohne an die Liste mit den sechs Posten zu denken, ich konnte doch nicht glauben, dass bei der einfachen Sache etwas nicht stimmen könne. Immer wieder rief ich die Bank an und bat, man möge auf mich warten. Draußen vor meinem Büro standen schon die Arbeiter und schauten böse, denn sonst hatten sie um die Zeit immer schon ihr Geld.

Kurz vor ein Uhr nahm ich mir auch die kleine Liste vor, ich wollte es nicht glauben, nichts stimmte, wirklich nichts. Hastig rechnete ich alles neu und lief im letzten Augenblick in die Bank.

Später kam der zweite Revisor einmal zu mir und machte mir Vorwürfe, wen ich ihnen da empfohlen hätte, der Mann habe keine Ahnung. Kurz darauf beklagte sich auch die Buchhaltung über ihn. Er musste den Posten räumen. Ich schämte mich für ihn, in mir blieb aber das Misstrauen, ob er wirklich so dumm war, oder ob man ihn auf mich angesetzt hatte.

Wer so etwas nicht erlebt hat, wird es schwer verstehen, vor allem ein Regime, in dem aus Allem und Jedem ein Strick gedreht werden kann. Wo man plötzlich in einem Gefängnis verschwinden kann und vielleicht nie erfährt, warum. Vielleicht erinnert sich nach langer Zeit irgendjemand an einen und man wird mit der lakonischen Bemerkung entlassen: „Sie können gehen, es war ein Irrtum, oder wir haben nichts gegen Sie gefunden."

Meine Sorge galt immer nur meinem Kind, was geschieht, wenn sie dich verschwinden lassen? Als der Direktor mich fast täglich zu sich beorderte, bedrohte und beschimpfte, sah ich auf seinem Schreibtisch einen schweren Aschenbecher stehen und dachte oft, schlag ihm den doch auf den Schädel. Zu Robert sagte ich: wenn ich eines Tages nicht mehr nach Hause komme, dann haben sie mich verhaftet, weil ich den Direktor erschlagen habe.

In dieser Zeit kam ein Cousin von mir mit seiner Frau zu Besuch. Ich muss sehr schlecht ausgesehen haben, denn er sagte zu mir: „Hör auf, so viel zu arbeiten, das kannst Du nicht mehr lange machen." „Und von was sollen wir leben?" Seine Frau sagte, dass es in Bukarest Frauen gäbe, die mit maschinellen Näh- und Strickarbeiten mehr verdienten als ihre Männer.

Das war eine interessante Information, aber wie und woher sollte ich die erforderlichen Maschinen für diese handwerklichen Arbeiten erhalten? Und wie sollte ich das erforderliche Geld für den Kauf auftreiben? Solche Näh- und Strickmaschinen kosteten sicherlich 10.000 bis 15.000 Lei. Wenn man damals ein hohes Gehalt hatte, betrug es 800,- bis 900,- Lei. Wie sollte ich den Kaufpreis aufbringen? Die Frau meines Cousins gab mir das Geld und sagte mir auch, wo derartige alte Industriemaschinen zu finden wären. Von irgendjemandem erfuhr ich die Adresse eines Näh- und Strickmeisters. Ich suchte ihn auf und er nannte mir ein sächsisches Dorf, in dem sich vor dem Zusammenbruch viele Näh- und Strickereien befunden hatten. Man müsste hinfahren. Viele Leute hatten kurz vor der Verstaatlichung ihrer Betriebe Maschinen versteckt. Manchmal könne man so eine kaufen.

Eines Sonntagsnachmittag gingen wir mit dem Kind spazieren. Es war ein sonniger Winternachmittag. Es lag Schnee, aber unter dem Schnee waren Eisplatten, denn Wege und Straßen wurden nicht mehr geräumt. Auf so einer Platte rutschten Carola und ich aus und mein linker Knöchel wurde verletzt. Es tat höllisch weh, aber ich glaubte, der Knöchel sei nur verstaucht. Ich humpelte nach

Hause, machte Umschläge, ging am nächsten Tag auch noch ins Büro, aber der Fuß wurde immer dicker, schwoll an und die Schmerzen wurden unerträglich. Am nächsten Tag ging ich zum Arzt und als ich zu ihm ins Sprechzimmer kam, sagte er lakonisch, der ist gebrochen. Also stellte er mir den Fuß ein, Röntgenaufnahmen machte man bei leichten Fällen nicht. Ich bekam einen dicken Gips, Gehgips gab es damals nicht, und wurde entlassen.

Ich rief im Büro an und sagte Bescheid. Am nächsten Tag kam der Kaderchef und überzeugte sich, dass ich wirklich das Bein bis über den Fuß hinaus in Gips hatte. Er kam nach zwei Tagen noch einmal, um sich zu überzeugen, dass ich wirklich nicht gehen konnte.

Am Tag darauf bat ich Robert, zu seinem Taxifahrer zu gehen und ihn zu bitten, uns auf das Dorf zu fahren, in dem es noch alte Näh- und Strickmaschinen zu kaufen gäbe. Er sollte außerdem auch den Strickmeister bringen, damit er uns helfe, die richtige Maschine zu finden. Es klappte und wir fuhren los.

Damals gab es in Kronstadt vielleicht zwei oder drei Taxis, die nicht einfach fahren durften wie und wohin die Leute wollten. Der Strickmeister arbeitete in einem Betrieb und musste sich erst mit einer Ausrede frei machen, was er nur tat, weil er wusste, dass ich ihn gut dafür bezahlte. Zu Hause musste ich alle instruieren, dass sie sagen sollten ich sei beim Arzt, wenn die Spitzel wieder kämen.

Es war alles nicht einfach, aber wir kamen am Abend mit zwei Maschinen zurück, die eine für Näharbeiten, die andere für Strickarbeiten.

Reservenadeln hatte ich nur sehr wenige mitbekommen. Alles war sehr teuer und schwer zu bekommen.

Der Strickmeister kam, nachdem er mir alles montiert hatte, noch einige Abende, um mich zu lehren. Gott sei Dank lernte ich schnell. Meistens übte ich früh am Morgen, was ich am Tag vorher gelernt hatte. Um meinen guten Willen zur Arbeit zu zeigen, ging ich die letzte der sechs Wochen mit dem Gips ins Büro und ging auch danach noch ziemlich lange hin, bis ich die ersten qualitativ hochwertigen Näh- und Strickarbeiten gefertigt hatte. Jetzt kam es mir doch zugute, dass ich bei den Schneiderinnen gelernt hatte.

Als der erste Kunde kam und einige Dinge anprobierte und diese und eine schöne große gesteppte Decke gleich mitnehmen wollte, wusste ich, dass meine Tage bei dem staatlichen Unternehmen gezählt waren. Eines Tages als der Direktor mich wieder zu sich beorderte, um mich zu beschimpfen, sagte ich ihm, dass ich kündige. Es verschlug ihm die Sprache. Es kam noch eine letzte Drohung und nach der gebotenen Zeit war ich frei.

Inzwischen hatte ich Möglichkeiten gefunden, einige Stoffe zu erhalten und eine Frau aus einem Dorf bei Kronstadt am Markt entdeckt, die die am schönsten gesponnene Wolle hatte. Es kam namlich darauf an, dass die Wolle gleichmäßig gemischt war, also schwarz/weiß oder braun/weiß, sonst konnte das Gestrick oder der Stoff streifig werden. Bei dieser Frau hatte ich nie Schwierigkeiten. Denn nichts war schlimmer als wenn im fertigen Teil ein dunklerer oder hellerer Streifen erschien, dann musste das ganze Teil wieder aufgetrennt werden.

Ich meldete mich bei den Behörden und beim Finanzamt als Heimarbeiterin an und zahlte die mir vorgeschriebene Steuer. Allerdings musste ich allein arbeiten und durfte keine Helfer oder Helferinnen haben.

Nach kurzer Zeit stellte ich fest, dass ich das so nicht schaffen könnte. Die Bestellungen häuften sich. So frug ich meine Schwägerin, die meinen Schwager Herbert geheiratet hatte, ob sie mitmachen wolle. Meine Schwägerin lehnte rundweg ab, sie gehe lieber in die Fabrik. Im Herrenzimmer meiner Schwiegereltern war ein Junggeselle einzogen, der schließlich eine junge Frau geheiratet hatte, die ich von früher kannte.

Als ich Daniela frug, ob sie mit mir mitarbeiten wolle, sagte sie sofort ja, kündigte ihre Stelle und ließ sich von mir unterrichten. Sie lernte schnell, war nur am Anfang etwas unsicher, und hatte Vertrauen zu mir.

Damals gab es keine fertigen Kleider, Mäntel oder Kostüme. Man bekam nur schlechte Stoffe in den Läden, wenn es überhaupt welche gab, oder man musste sie sehr teuer von Leuten kaufen, die Pakete aus dem Ausland erhielten oder noch Stoffe besaßen. Daher waren unsere Decken, Vorhänge, Mäntel, Jacken und Kleider sehr gefragt. Ich hatte einige Bezugsmöglichkeiten für Stoffe gefunden. Ich durfte als Heimwerkerin nur mit dem Material des Kunden arbeiten. Meistens kaufte ich die Wolle, weil die von der Frau auf dem Markt sehr gut war, die Kunden sich aber nicht auskannten und ich dann schlecht gemischtes Garn bekam mit den oben genannten Folgen. Ich bündelte die Wolle und schrieb den Namen und die Adresse darauf. Mehr Wolle und Stoffe als für acht oder zehn Teile wagte ich aber nicht, im Haus zu haben.

Schon nach kurzer Zeit musste ich täglich drei bis vier Kleidungsstücke oder andere Bestellungen nähen oder auf der Strickmaschine abziehen, was sehr anstrengend war. Daniela und ich verdienten bald mehr, als wir vorher bekommen hatten.

Meine Küche war ziemlich groß, so war sie zusätzlich Werkstatt, Kundenempfangsraum, Proberaum und Esszimmer. Ich nahm dem Kunden Maß oder erhielt von ihm die Maße für die Vorhänge, Decken usw. Daniela machte auf Papier einen Schnitt und ich fertigte genau nach diesem Schnitt die bestellten Teile. Wenn es Stricksachen waren, musste Daniela diese mit feuchtem Lappen dämpfen, zusammennähen, Knopflöcher machen und die Fäden verarbeiten. Wir erfüllten jedem Kunden seine Sonderwünsche und scheuten uns auch nicht, etwas noch einmal zu nähen oder zu stricken, wenn der Kunde nicht zufrieden war.

Von Seiten der Familie hatte ich anfangs keine Unterstützung. Mein Schwiegervater sagte, als er die beiden Maschinen noch unmontiert liegen sah: „So viel Geld für altes Eisen!" Robert verschwand am Anfang immer, aber half mir später mit den Stoffen und der Wolle.

Die Erkenntnis, dass sich Rumänien noch jahrzehntelang nicht vom Kommunismus erholen würde, die Armut und das Elend nach der Zerstörung jeglichen, auch des kleinsten Besitzes, veranlasste mich, unsere Aussiedlung zu betreiben, ein

15 jähriger Leidensweg, der kaum zu beschreiben ist.

In diesen 15 Jahren organisierten die Kommunisten ein Spitzelsystem, das jeder Beschreibung spottet. Männer wie Frauen mussten arbeiten. Die Löhne und Gehälter waren so gering, dass man nie über die Runden kam. Parteimitglieder wurden besser bezahlt, trotzdem versuchten sie, ihr Einkommen durch Schiebereien und Diebstähle aufzubessern. Konnte Einer sich auf krummen Wegen bereichern, dies aber vor Neidern nicht verbergen, wurde er verraten. Um als Abschreckung zu dienen, wurden dann Schauprozesse inszeniert, zu denen Arbeiter aus vielen Betrieben herangekarrt wurden, bis der große Saal des Astrakinos voll war. Die Angeklagten wurden vor ein Schaugericht gestellt und abgeurteilt. Dabei gab es auch Todesurteile und es spielte keine Rolle, ob es nun ein Familienvater oder eine Mutter mit noch kleinen Kindern war. Das wurde nicht beachtet.

Ein unvorstellbares Heer von Spitzeln wurde dazu benutzt, um Alles und Jeden auszuspionieren. Traf man auf der Straße Freunde oder Bekannte und sprach mit ihnen, stand nach kurzer Zeit ein Mann in der Nähe und versuchte zu hören, was man sprach. Manchmal bemerkte man es und ging weiter.

So erging es mir einmal in Kronstadt auf der Blumenzeile, eine mir fremde Dame, ich glaubte, es sei eine Kundin von mir, zog mich in ein Tor und flüsterte mir ins Ohr: „Passen Sie auf, die Securitate interessiert sich für Sie!" und verschwand.

Nach ein paar Tagen besuchte mich eine Freundin, deren Mann für fünf Jahre in die Sowjetunion verschleppt worden war, zog mich ins Schlafzimmer und flüsterte mir zu, daß die Securitate sich nach uns erkundigt hätte.

Wieder nach einiger Zeit kam eine weitere Freundin, die in meinem Haus mit ihren Eltern als Mieterin wohnte, und verriet mir, dass die Securitate sich nach mir erkundigt hätte.

Natürlich war ich sehr beunruhigt, konnte aber mit niemandem darüber sprechen. Robert war in solchen Fällen kein guter Ratgeber. Außerdem hätte ich ihn nur beunruhigt, helfen hätte er nicht können. Das alles geschah während des Spätsommers.

Inzwischen war ich öfter in Bukarest, besonders wenn ich durch Bekannte erfuhr, dass man bei irgendeiner Behörde wieder wegen der Ausreise nachsuchen konnte. So fuhr ich auch einmal im Winter dorthin, als man – wahrscheinlich durch Intervention der jüdischen Weltorganisation – Ausreisegenehmigungen gab. Es war eisig kalt und ich musste mich am nächsten Tag in aller Frühe vor dem Gebäude anstellen, wo sich schon eine riesige Menschenschlange befand. Ich war schon nach kurzer Zeit total durchgefroren. Aber ich wollte nicht aufgeben. Kurz vor 12 Uhr befand ich mich schon im Gebäude, da ließ die Frau in Uniform die Klappe herunter und sagte „Für heute ist Schluss!"

Erst im Sommer erfuhr ich wieder von einem Termin. Ich sprach mit Robert und wir fuhren dieses Mal zusammen nach Bukarest. Dieses Mal war es sehr heiß, 40 Grad im Schatten. Wir stellten uns an und man kam schier um vor Hitze. Viele Menschen waren vor uns an der Reihe, aber wir kamen tatsächlich auch dran. In dem Raum saßen vier Männer und eine Frau in Uniform rechts vor einer Tür.

Zwei dicke Männer in Uniform lagen mehr als dass sie saßen in ihren Sesseln. Zwei waren in Zivil hinter ihnen. Ich brachte mein Anliegen vor, nur ich sprach, dass mein Mann blind sei, dass man bei ihm eine Netzhautablösung festgestellt hatte, dass mein Mann einen Bruder und eine Schwester in Deutschland habe, die uns gerufen hätten und auch die notwendigen Operationen bezahlen wollten. Was wir dann zu hören bekamen, war erschreckend. Man sagte uns, dass man jede Operation auch in Rumänien mache könne, dass die Operation nur eine Ausrede sei und dass wir durch unser Ansinnen bewiesen hätten, dass wir Volksfeinde und Feinde des Sozialismus seien. Dann kam noch ein deftiger rumänischer Fluch und dass wir verschwinden sollten, bevor man uns einsperren lassen würde. Ich fuhr noch ein paarmal nach Bukarest, aber immer ohne Ergebnis, nur war es nicht mehr so schlimm wie die beiden vorherigen Male.

Endlich nach 15 Jahren und nach zahllosen Enttäuschungen, gelang es mir durch eine Empfehlung, die ich durch eine Verwandte erhalten hatte, an einen halbwegs normalen Menschen zu kommen. Jedenfalls konnte ich mein Anliegen ruhig vorbringen. Ich hatte das Gefühl, Erfolg zu haben, hatte sogar die Hoffnung, bis Ende des Jahres wegzukönnen. Aber es geschah nichts. Dann geschahen zwei Dinge, auf die ich nicht gefasst war. Weihnachten verging, das Neue Jahr war gekommen, zweimal ging ich zum Nachfragen bei der Miliz, dem sogenannten Passamt. Jedes Mal wurde ich dort von einem Herrn Raku abgewiesen.

Eines Tages passierte folgendes: meine Cousine Ida, die mit ihrem Mann bei uns im Haus wohnte, kam herunter zu mir, was sonst nie der Fall war, und frug, ob ich Arbeit für sie hätte, sie habe etwas in der Stadt zu tun. „Wenn die Daniela keine Arbeit für Dich hat, kannst Du doch machen, was Du willst, es muss nur der Termin eingehalten werden, wenn die Leute zur Probe oder zur Abholung der fertigen Arbeit kommen." Auf Einhaltung der Termine legte ich großen Wert, weil wir abseits vom Stadtzentrum wohnten, und es unzumutbar war, die Leute umsonst den beschwerlichen Weg machen zu lassen.

„Ich muss zur Miliz eine Bestätigung holen, dass meine Tante mit ihrem Mann bei uns wohnen kann. Ich muss zum Raku." Ida kannte den Herrn bei der Miliz von früher. „Wenn Du schon hingehst, frag ihn mal, was mit unseren Pässen ist. Ihr kennt Euch von früher, vielleicht sagt er Dir etwas." Sie sagte: „Ich frag gar nichts, denn ich weiß, was ich weiß." Ich fragte: „Was soll das heißen?" „Ich weiß, was ich weiß!" „Was weißt Du?" „Ich weiß, was ich weiß." So ging das nun zwei-, dreimal hin und her, bis ich die Geduld verlor. Ich ging auf sie zu, packte sie an ihrer Hemdbluse und brüllte sie an: „Was weißt Du?" „Dass Eure Pässe bei der Securitate sind, schon eine lange Zeit." Damit entwand sie sich meinem Griff und verschwand. Ich war wie vom Blitz getroffen.

Cousine Ida hatte eine gute Freundin, die oft mehrmals in der Woche bei ihr erschien. Schon lange wunderte ich mich über diese Freundschaft, da die beiden Frauen eigentlich nichts gemein hatten. Mir fiel es wie Schuppen von den Augen. Wir hatten den Feind in unserem Haus.

141

Inzwischen waren noch weitere Dinge passiert, die ich mir nicht erklären konnte. Eines Tages erschien eine Frau bei mir, ich dachte als Kundin, aber sie stand unentschlossen in der Küche herum und frug dann unvermittelt als wir allein waren, ob wir auch nach Deutschland wollten? Ja, sagte ich. Sie habe einen Rumänen als Untermieter, der gute Beziehungen in Bukarest habe, und schon einigen Leuten den Pass, d. h. die Ausreisegenehmigung verschafft habe. Gut, sagte ich, schicken sie ihn zu uns. Damit verschwand sie.

Irgendetwas warnte mich, aber ich sagte mir immer, wenn ich niemandem etwas Schlechtes antue, warum sollte man mir dann etwas antun.

Tatsächlich erschien eines Tages ein wohlbeleibter Rumäne bei mir und sagte, dass er von der Frau zu mir geschickt worden sei. Er habe in Bukarest gute Beziehungen, und habe schon einigen Leuten zur Ausreise verholfen, aber es koste Geld und Zeit, er könne nicht sagen, wieviel Geld es kosten würde und wie lange es dauern würde. Er verlangte unsere Daten und kam nach vierzehn Tagen wieder. Da ich schon zahllose Bittgesuche gemacht hatte, wunderte es mich nicht, als er sagte, dass wir wohl vorgemerkt seien, aber wer weiß, wann das zur Bearbeitung käme, aber er könne es beschleunigen. Er brauche 2.000,- Lei und zwei Armbanduhren Marke „Doxa". Diese Armbanduhren waren damals sehr begehrt. Robert war bei dem Gespräch dabei, und wir gaben ihm beides.

Es vergingen einige Wochen, er erschien wieder, erzählte, dass die Sache laufe. Ich erinnere mich nicht, ob er wieder etwas verlangte. Wir waren so besessen von dem Gedanken – nur weg, weg, dass wir keinen Augenblick misstrauisch waren.

Einem anderen Mann hatte ich schon früher 2.000,- Lei gegeben, der mir versprochen hatte, uns die Ausreise zu verschaffen. Er wurde später eingesperrt. Jedenfalls erschien der Mann immer wieder und erzählte uns, dass er in Bukarest gewesen sei und unsere Sache laufe. Mal wollte er wieder Geld, mal nicht. Er hieß Toma.

Einmal beobachteten wir etwas Merkwürdiges. Wieder war der Mann bei uns und als er fortging, sahen wir ihm von unserer Terrasse aus nach und sahen wie er sich mit unserem „guten" Freund Manfred traf und sie sich wie gute alte Freunde begrüßten. Als Manfred zu uns kam, frugen wir ihn: „Kennst Du einen gewissen Toma?" Als er es verneinte, mussten Robert und ich feststellen, dass wir keinen „guten" Freund hatten.

Nach geraumer Zeit erschien Toma mit der frohen Botschaft, dass unsere von Bukarest genehmigten Pässe beim Passamt in Kronstadt seien. Wir sollten ihm unsere Bouletins (Personalausweise) geben. Wir würden am Nachmittag dann zur Miliz beordert werden und man würde sie uns aushändigen. Da ich sämtliche Gesuche in dieser Sache auch für meine Schwiegereltern und sogar die Cousine und ihren Mann gemacht hatte, lief ich also nach oben und verlangte ihre Ausweise. Meine Cousine war in der Küche und sagte, ich gebe unsere Ausweise nicht. Schwiegervater und Schwiegermutter gaben sie mir und unten in unserer Wohnung übergab ich sie dem Mann mit dem von Robert und mir.

Den ganzen Nachmittag warteten wir vergeblich. Am Abend wurden wir misstrauisch, konnten uns aber noch nicht vorstellen, dass wir einem Betrüger zum Opfer gefallen waren.

Spät am Abend liefen Robert und ich zu seiner früheren Freundin, deren Mann Staatsanwalt war, und erzählten ihm den genauen Hergang und dass wir nun ohne Personalausweise da standen, was fast lebensgefährlich war. Denn wurde man bei einer Razzia ohne Personalausweis erwischt, wurde man sofort eingesperrt und war Wochen, vielleicht Monate lang verschwunden.

Der Staatsanwalt riet uns, gleich früh am nächsten Morgen zur Miliz zu gehen und eine Anzeige zu erstatten. Zum Glück wurde von mir nicht wie sonst üblich der Personalausweis verlangt und ich wurde zu einem Milizoffizier verwiesen.

Ich musste in seinem Zimmer warten, wo schon ein Herr vor ihm saß. Ich kannte den Herrn, er war Geschäftsführer einer Fabrik, ein Herr vom Scheitel bis zur Sohle. Er saß da, weil derselbe Mann auch ihm den oder die Ausweise abgenommen hatte. Ich erschrak, er wurde von dem Milizer auf so unflätige Art und Weise als Jude beschimpft und angebrüllt, dass es unerträglich war.

Mir rutschte das Herz in die Hose, was würde der Mann mir alles antun? Mich frug er aber dann nur, warum ich einem Fremden die Ausweise gegeben habe, ohne seinen Ausweis zu prüfen. „Er hat mir doch einen Ausweis gezeigt, aber wieso sollte ich wissen ob er echt war oder nicht? Ich hatte ja noch nie einen gesehen." Es war gelogen, aber es half. Ich bekam unsere Ausweise ohne weitere Diskussionen zurück.

Nach Monaten wurde dem Mann der Prozess gemacht und ich wurde als Zeugin geladen. Vorher machte ich eine schriftliche Zeugenaussage, die ich einreichte und wurde dann bei der Verhandlung nur gefragt, ob ich bei meiner schriftlichen Aussage bleibe, damit war ich entlassen. Aber das Interessante war, dass mindestens fünfzig Leute da waren, unter anderem der Herr, der vor mir bei der Miliz gewesen war und unser „guter" Freund Manfred. Zu Hause gab ich jedem seinen Ausweis zurück, setzte mich an die Nähmaschine und arbeitete, da ich einen Auftrag für verschiedene Vorhänge und Decken bekommen hatte und gerade den Stoff dafür erhalten hatte.

1956 frug mich meine in Bukarest lebende Cousine Micaela, ob ich mit ihr, ihrer Schwester und ihrem Schwager nach Budapest fahren würde. Man bekäme zur Zeit leichter die Genehmigung und das Visum. Ohne mich würden sie nicht fahren, weil keiner von ihnen ein Wort Ungarisch konnte und ich sprach etwas Ungarisch. Selbstverständlich war ich sofort bereit, denn dort lebte eine meiner Tanten, die ich sehr gern mochte. Sie lebte mit ihrem ältesten Sohn, dessen Frau und den Enkelkindern zusammen. Wie es ihnen ging, wussten wir nicht, man konnte nicht alles schreiben. Man musste vorsichtig sein. Die Zensur war auf beiden Seiten sehr scharf.

Das genaue Datum kann ich nicht mehr sagen, aber es war Ende Oktober oder Anfang November als wir losfuhren. Die Reise dauerte anderthalb Tage und eine Nacht. Wir wollten nur eine Woche bleiben und hatten nicht viel Gepäck. Wir hatten hauptsächlich Geschenke und Lebensmittel eingepackt.

Ich konnte bei meiner Tante schlafen, Micaela wurde mit Schwester und Schwager in der Nähe bei Freunden untergebracht. Wir waren von der Fahrt sehr müde und trafen uns erst am nächsten Vormittag.

Ab meinem zehnten Lebensjahr war ich in den Sommerferien oft bei meiner Tante, wenn wir nicht ans Schwarze Meer fuhren. Ich war schwer erschüttert als ich mein geliebtes Budapest, das durch den Krieg stark gelitten hatte, wieder sah. Die Burg und die Fischerbastei waren fast völlig zerstört, die Gebäude und Häuser waren in einem beklagenswerten Zustand. Bei meiner Tante war der Lift kaputt, zerstörte Teile der Treppe hatte man nur notdürftig ausgebessert, das Geländer fehlte ganz. In der Wohnung waren die Fensterscheiben durch Bretter ersetzt, die Möbel teilweise beschädigt, staubig und alles in allem ungepflegt und ramponiert.

Meine Tante war von den Kommunisten aus ihrer Wohnung auf irgendein Dorf verbannt worden, in einen Raum mit drei anderen alten Frauen, von denen eine den Verstand verloren hatte, den ganzen Tag ziellos hin- und herlief und vor sich hinmurmelte. Meine Tante hatte nicht einmal das Allernotwendigste mitnehmen dürfen. Der älteste Sohn war im Krieg gefallen, der mittlere Sohn war nach dem Zusammenbruch zusammen mit seiner Frau nach Deutschland geflohen. Der jüngste Sohn Eugen war geblieben. Ihm gelang es, in die alte Wohnung seiner Mutter zu ziehen und sie wieder zu sich und seiner Familie zurückzuholen.

Als ich mich mit meinen Bukarester Verwandten am nächsten Tag nach unserer Ankunft traf und wir die

Stadt besichtigen wollten und zu Fuß aus Buda durch den Tunnel ans Donauufer gingen, sahen wir plötzlich Lastwagen mit Männern durch die Straßen fahren, die Fahnen schwenkten, aus denen das Emblem Sichel und Hammer herausgerissen waren. Wir gingen weiter in Richtung Margaretenbrücke und immer wieder kamen uns immer größere Gruppen von marschierenden Kolonnen entgegen, die zu dem Denkmal des Polnischen Freiheitskämpfers Jozef Bem strebten. Die Margaretenbrücke vibrierte unter den Schritten der marschierenden Kolonnen, die die ganze Breite der Brücke ausfüllten. Es gelang mir, einen jungen Mann aufzuhalten und ihn zu fragen, was das zu bedeuten habe. Er sagte mir, es sei eine Sympathiekundgebung für die Studenten, die für die Freiheit kämpften. Wir waren erschüttert. Unter einer riesigen Rotbuche setzten wir uns auf eine Bank. Plötzlich sprang Micaela`s Schwager, der Rumäne war, auf, hob seinen Hut mit beiden Händen in die Höhe und rief, wenn die Ungarn sich vom Kommunismus befreien, bleibe ich hier und werde Ungar.

Vierzehn Tage erlebte ich den Aufstand. Mit meinem Cousin gingen wir fast täglich durch die Straßen. Ich sah Barrikaden, sah Menschen weglaufen, wenn in der Nähe geschossen wurde. Eines Tages sahen wir einen sowjetischen Panzer um die Ecke kommen, gerade als wir das Haus verließen. Aus der Kanone löste sich ein Schuss und schlug in die Feuermauer des obersten Stockwerkes unseres Hauses und der Panzer fuhr ungerührt weiter. Auf beiden Seiten der Kettenbrücke standen je drei Panzer, deren Kanonen so gerichtet waren, dass man, wenn man über die Brücke ging, genau ins Kanonenrohr blickte.

Vierzehn Tage mussten wir in Budapest bleiben, es gab keine Reisemöglichkeiten. Alle westlichen Länder forderten über ihre Konsulate und Gesandtschaften ihre Staatsbürger auf, sich am Donaukai Nr. so und soviel einzufinden, wo Schiffe bereitstanden, um sie nach Hause zu befördern. Die Situation wurde von Tag zu Tag prekärer. Im ungarischen Volk war ein Hass gegen die Sowjetunion entflammt, der ausnahmslos das ganze Volk ergriffen hatte und mit Todesmut Dinge geschehen ließ, die ich nie für möglich gehalten hätte. Ich sah wie Kinder brennende Gegenstände aus den Fenstern auf sowjetische Panzer und Fahrzeuge warfen. Die Straßen und Gehsteige waren voll mit Gipsteilen von Büsten der Sowjetgrößen. In den eingeschlagenen Schaufensterscheiben lagen unangetastet auch die wertvollsten Waren, vor denen auf Pappe geschrieben stand: wir kämpfen für unsere Freiheit, aber wir sind keine Diebe. Im Parlament hatten sich sehr viele Studenten verbarrikadiert und bekämpften von dort aus die Sowjets. Die Lebensmittel wurden immer knapper. Alle Nationen forderten stündlich ihre Staatsbürger auf, sich zu melden, nur die Rumänen nicht. So entschloss ich mich, nach vierzehn Tagen mit Micaela das rumänische Konsulat aufzusuchen und zu fragen, wie wir wieder nach Hause kommen könnten.

Als ich die Aufforderung der Franzosen an ihre Staatsbürger im Radio hörte, kam mir kurz der Gedanke, mich dort zu melden, denn zu der Zeit vertrat Frankreich die deutschen Interessen in vielen Ländern, in denen es keine deutschen Konsulate gab. Ich hätte bestimmt in die Bundesrepublik Deutschland oder auch nach Wien zu meinem Onkel gelangen können. Telefonische Verbindungen nach Rumänien gab es nicht, Telegramme kamen nie an. Micaela hatte zwei kleine Kinder daheim und ich meine 6 jährige Tochter. Also kam nur der Weg zurück nach Hause in Frage. Micaelas Schwester und Schwager hatten gleich zu Anfang erklärt, dass sie nicht nach Rumänien zurückkehren wollten. Sie sind später mit meinem Cousin Eugen schwarz über die Grenze nach Österreich gelangt. Später kamen sie nach Frankreich, dann in ein Lager in Italien, und von dort in ein Kontingent von Flüchtlingen, die von den Amerikanern aufgenommen wurden.

Also machten Micaela und ich uns eines Morgens zur rumänischen Gesandtschaft auf. Wir kannten nur den Namen der Straße, hatten aber keine blasse Ahnung wie weit das von uns entfernt war. Als wir in die Nähe der englischen Gesandtschaft kamen, wurde mit Maschinengewehren ganz in unserer Nähe geschossen. Wir flüchteten ins nächste Gebäude, es war die englische Gesandtschaft, wurden von einem Angestellten mit anderen Flüchtenden in einen großen Kinosaal gedrängt, aber nicht in die Nähe der Fenster. Plötzlich hörte ich im Foyer laute Stimmen und ging hinaus. Dort sah ich eine junge Frau und einen jungen Mann. Sie verlangten nach dem Konsul, der nach geraumer Zeit die Freitreppe herunterkam. Die jungen Leute bettelten um Hilfe aus England, baten, ihnen zu helfen, sie seien schon vierzehn Tage im Parlament eingeschlossen, hätten keine Lebensmittel mehr und keine Möglichkeit, sich gegen die Sowjets zu wehren. Der Konsul sagte, er melde alle Ereignisse nach London und könne nur nach den Anordnungen von dort handeln.

Später erfuhr ich, dass sich alle Studenten aus dem Parlament den Sowjets ergeben hatten, in die Sowjetunion geschafft worden waren und keiner je zurückgekommen, oder irgendwo aufgetaucht war. Kaum hatte es sich auf der Straße beruhigt, liefen wir weiter in Richtung rumänisches Konsulat. Unterwegs versuchte ich öfter Autos aufzuhalten, aber niemand hielt an. Gegen zwölf Uhr kamen wir endlich beim Konsulat an. Der Gusseisenzaun war von innen vollkommen mit Brettern verschlagen. Nach langem Suchen fand ich ein kleines Astloch, durch das ich einen Blick hineinwerfen konnte und sah wie ein Chauffeur ein Auto wusch. Ich schrie so laut ich konnte rumänisch: „He, Genosse, hier sind zwei Frauen aus Rumänien, wir wollen wieder nach Hause, wie können wir weg von hier?" Ohne seine Arbeit zu unterbrechen rief er: „Der letzte Konvoi geht vom großen Busbahnhof um zwei Uhr."

Diesen Konvoi zu erreichen war fast aussichtslos, denn wir hatten vier Stunden gebraucht, um bis zum Konsulat zu gelangen. Also blieb uns nichts anderes übrig als nach Hause zu laufen. Natürlich winkte ich jedem Fahrzeug, endlich blieb ein Laster stehen, auf dem lauter junge Arbeiter mit der ungarischen Fahne waren. Ich sagte ihnen kurz in welcher Situation wir waren, dass wir Ungarn aus Siebenbürgen seien und zu Hause kleine Kinder hatten, zu denen wir unbedingt zurück müssten.

Sie waren unsere Retter in der Not. Zuerst jagten sie in hohem Tempo zu unseren Quartieren, wo wir nur das Nötigste in den Koffer warfen, dann jagten die jungen Leute mit dem Laster zum Busbahnhof, wo sich gerade der letzte große Bus in Bewegung setzte. Wir konnten uns nicht einmal richtig bei den jungen Männern bedanken. Ich liebe und liebte die Ungarn, für mich sind sie ein mutiges und treues Volk, auf deren Versprechen man sich verlassen kann.

Die Ungarn hatten den Flüchtlingen moderne, große Busse zur Verfügung gestellt. Wir fuhren ostwärts durch die dreifache Umzingelung der Sowjets um Budapest, ohne angehalten zu werden. Es war kalt und schneite in großen, nassen Flocken. Im Bus herrschte Totenstille. Wir fuhren Stunde um Stunde, es war dunkel geworden. Ich ging vor zum Fahrer. Ich beugte mich zu ihm. Ein Wappenring an seinem Finger fiel mir sofort auf. Er war ein hübscher, fescher, intelligent aussehender Mann von etwa 30 bis 35 Jahren. Ich erklärte ihm Micaelas und meine Situation und dass ich fürchtete, von ihm auf freiem Feld im Niemandsland abgesetzt zu werden und wir in der Nacht in der unbekannten Gegend wer weiß wo herumirren müssten.

„Beruhigen Sie sich, wir haben die Rumänen verständigt und sie werden mit den Bussen an der Grenze sein." Beruhigt ging ich auf meinen Platz zurück. Als wir an der Grenze ankamen, sahen wir wohl die rumänischen Busse, aber wir mussten, um sie zu erreichen, durch Stoppelfelder laufen, denn alles hastete, um einen Sitzplatz zu ergattern. Als wir den letzten Bus erreichten, stellten wir zu unserem Entsetzen fest, dass es uralte, klapprige, um ein Drittel kleinere Busse waren, als die ungarischen Busse. Wie viele es waren, konnte ich nicht feststellen, jedenfalls wurden wir hineingepresst und fuhren so bis Arad. Da einer der Busse eine Panne hatte, wurden dessen Insassen noch in die anderen bereits vollbesetzen Busse hineinge-presst. Um sieben oder acht Uhr morgens kamen wir in Arad an. Wir fuhren mit einem Taxi zu einem Cousin von mir. Seine Frau öffnete uns und frug, was wir wünschten. Sie erkannte uns nicht, so ent-setzlich sahen wir aus. Wir bekamen dann ein hei-ßes Bad, aber noch vor dem Frühstück riefen wir zu Hause an. Unsere Angehörigen waren erleich-tert, dass wir in Arad waren. 14 Tage waren wir ohne Verbindung und die Nachrichten aus Ungarn waren erschreckend. Am Telefon hatte ich erfah-ren, dass Roberts Schwester Maria, die Zwillings-schwester von Alexander, aus der Bundesrepublik bei uns war. Sie war mit einer Reisegesellschaft ge-kommen. Ich freute mich. Am nächsten Tag fuhren wir mit dem Zug nach Hause, ich nach Kronstadt, Micaela nach Bukarest.

Die Ungarn waren in ihrem Freiheitskampf allein gelassen worden. Man hatte sie nicht unterstützt. Der Aufstand begann am 23. Oktober 1956 und en-dete am 4. November 1956, nachdem die Sowjets Panzer gegen die Ungarn eingesetzt hatten.

Als ich zu Hause ankam, wurde ich mit Freudenträ-nen empfangen, aber zum Erzählen kam ich nicht. Die Freude über den Besuch Marias überwog. Lei-der waren es nur zwei oder drei Tage, die sie noch bleiben konnte. Da ich wusste, dass wir, falls uns die Ausreise genehmigt werden würde, keine Wert-sachen mitnehmen durften, gab ich ihr den von meiner Urgroßmutter ererbten Schmuck mit. Wie und wo sie ihn in ihrem Gepäck versteckt hatte, wusste ich wohl, aber ich sprach nicht darüber, denn das war ein Geheimnis. Ich glaubte wenigstens, dass es ein Geheimnis wäre. Wahrscheinlich erzählte Robert, der auch davon wusste, es seiner Mutter und diese sagte es meiner Cousine Ida. Es sollte Folgen für mich haben.

Natürlich arbeitete ich wieder an meiner Nähmaschine und an der Strickmaschine. Wenn man selbständig ist, muss man die freie Zeit, die man sich herausgenommen hat, wieder aufarbeiten. Ich war inzwischen sehr erfolgreich.

In der darauf folgenden Zeit bekam ich statt der Menstruation einen so starken Blutsturz, dass wenn ich saß in Sekundenschnelle unter mir alles blutig war, wenn ich stand, rann mir das Blut die Beine hinab und wenn ich schnell ins Bad lief, blieb eine blutige Spur am Boden. Einmal fuhr ich im Bus und konnte nicht aussteigen. Bei der Endstation rief mir die Kartenausgeberin zu, ich solle aussteigen, ich winkte ihr, zu mir zu kommen und als sie sah, was los war, veranlasste sie den Busfahrer bei der Frauenklinik vorbeizufahren und mich dort abzusetzen. Sie warf mir ihren Mantel um und führte mich hinein. Zum Glück war mein Frauenarzt gleich da, machte mir eine Kürettage, dann lag ich noch eine Stunde in einem Bett und ging nach Hause. Ich wusch schnell meine Sachen aus. Mir war es furchtbar peinlich. Es kam noch drei- oder viermal vor, aber zum Glück nie mehr in der Öffentlichkeit. 1961 oder 1962 stellte man bei mir Gebärmutterkrebs fest, worauf ich mich gleich operieren ließ. Von da ab hatte ich nie mehr Beschwerden.

Ich fuhr wieder nach Bukarest, um unsere Ausreise zu betreiben. Diesmal hatte ich Glück und kam an einen Beamten, dem nun alle meine Eingaben vorlagen und mit dem ich in Ruhe sprechen konnte.

Ich erfuhr, dass unsere Pässe schon in Kronstadt seien. Nicht lange darauf kam eines Tages ein Anruf, ich solle zum Passamt kommen. Zu Robert sagte ich, bestimmt sind unsere Pässe da und ich bekomme sie heute.

Neuntes Kapitel

Der Dompfaff

Ich warf mich in Schale und zog meinen besten Mantel an. Das Gebäude, in dem die Miliz, das Passamt und alle anderen städtischen Behörden waren, hatte den Deutschen gehört. Es war der Burzenländerhof. Man konnte das Gebäude vom Marktplatz, von der Kronzeile her betreten, aber auch von der Klostergasse aus, wo ein großer Hinterhof und noch ein kleiner freier Platz war. Ich ging hinauf in den ersten Stock, wo ich schon so oft wegen unserer Ausreise nachgefragt hatte. Ich wollte den Raum betreten, in dem der ungarische Beamte war. Ich hatte nur kurz geklopft, aber es war ein Mann bei ihm, so wurde ich aufgefordert, draußen zu warten. Nach kurzer Zeit brachte mir der Mann einen Stuhl und bat mich wieder zu warten. Bald kam ein anderer Mann die Treppe hoch, ging gleich in besagtes Büro, kam sofort wieder heraus und forderte mich auf, mit ihm mitzugehen. Unten auf dem kleinen Platz hinter dem Burzenländerhof stand ein Jeep. Plötzlich war der andere Mann auch neben mir und ich wurde aufgefordert, einzusteigen. Mein Herz und mein Magen reagierten, aber ich ließ mir nichts anmerken. Widerstand und Fragen hätten keinen Sinn gehabt. Ich machte alles, was von mir verlangt wurde, als wäre es das Selbstverständlichste der Welt. Wir fuhren die Katharinengasse hoch über den Anger und die Angergasse hinunter und auf den Hof der früheren Popovicivilla, wo die Securitate hauste.

Ich wurde in den ersten Stock geführt. In dem Büro saß ein hochrangiger Offizier in Uniform am Schreibtisch. Er war groß, schlank und hatte ein markantes Gesicht. Ein anderer, kleiner Mann stand am Fenster und drehte sich auch dann nicht um, als ich hereinkam. Draußen hinter dem Fenster stand ein großer Baum. Auf einem Ast, ganz nah an der Fensterscheibe saß ein Dompfaff mit seiner roten Brust.

Auf dem Schreibtisch lagen drei oder vier prallgefüllte Dossiers. Ich wurde aufgefordert, vis-à-vis des Schreibtisches in einem Lehnstuhl Platz zu nehmen.

Der Offizier legte die Hand auf die Akten und sagte: „Das sind alles Akten über Ihre Familie und Sie." Es entfuhr mir: „Ich wusste gar nicht, dass wir so interessant sind." Halt dich zurück, red keinen Unsinn, sagte ich mir. Ich wollte nur kurz und schnell antworten, damit der Verdacht nicht aufkommen konnte, dass ich mir Lügen zurecht legte. Es hätte sowieso keinen Sinn gehabt, dies zumindest hatte ich aus früheren Verhören gelernt.

Nicht alles, was ich in den zwei Tagen und einer Nacht gefragt und geantwortet habe, ist mir noch in Erinnerung, nur dass in einem Dossier Fotokopien von unserer sämtlichen Korrespondenz waren, von den vielen Briefen, die Robert solange wir noch die Schreibmaschine hatten, geschrieben hatte. Das war genau das, was ich befürchtet hatte.

Ich wurde gefragt, wieso Robert schreiben könne, wenn er doch blind sei. Ich erklärte ihnen, dass nur das eine Auge vollkommen blind sei, aber das andere Auge einen Netzhautriss hatte, deshalb könne er nach unten nicht sehen, aber bei klarem Himmel den Mond und vielleicht auch die Sterne. Wenn er etwas mit der Hand auf einen Zettel schreibe, müsse er das Blatt mit etwas Schwerem belasten, um mit der linken Hand die Lupe halten zu können. Dann wurde mir ein kleiner Zettel gezeigt, auf dem die Namen einiger deutscher Kronstädter waren. Die Namen waren mit Druckbuchstaben geschrieben. Ich sollte die Schrift als die von Robert identifizieren. „Wie kommt Ihr Mann dazu, solche Zettel zu verteilen und die Menschen vor Leuten zu warnen, die uns Informationen geben?"

„Als Erstes: Ich habe nie erlebt, dass mein Mann je mit Druckbuchstaben geschrieben hat. Zweitens: Da stehen Namen von Leuten, die wir wohl als Kronstädter Bürger vom Sehen kennen, aber nie mit ihnen verkehrt haben. Wieso sollte mein Mann so etwas verbreiten?"

Als Roberts Schwester Maria 1956 in Kronstadt war, hatte ein ehemaliger Freund von Robert die Reiseleitung. Er soll fast jeden Tag bei uns zu Hause gewesen sein. Ich war damals noch angestellt, also zu der Zeit nicht zu Hause. Der Offizier wollte wissen, was die Männer gesprochen hatten.

„Es tut mir leid, ich wusste nicht einmal, dass der Mann bei uns war, aber außerdem, ich konnte den Mann nie sonderlich leiden. Er war immer ein Angeber."

„Wie kamen Sie dazu, der Schwester Ihres Mannes Ihren Schmuck mitzugeben?" Ich war schockiert, aber riss mich zusammen. Es war klar, meine Cousine Ida hatte das mit dem Schmuck weiter berichtet. Von wem konnte er es sonst wissen? „Schauen Sie, erstens ist der Schmuck nicht so wertvoll, außer für mich, weil er von meiner Urgroßmutter stammt. Zweitens weiß ich nicht, ob und wann wir wegkommen, vielleicht hätte ihn mir jemand in dem Durcheinander geklaut. Ich glaube nicht, dass ich dem Staat einen großen Schaden damit gemacht habe."

Er blätterte öfter längere Zeit in den Akten, bevor er mir wieder eine Frage stellte.

„Aber wie war das, als Sie Revolution gemacht haben?" Jetzt verschlug es mir den Atem, ich sah ihn an und frug konsterniert: „Ich soll Revolution gemacht haben?" Er: „Ja, damals mit der Butter in der Alimentara." Jetzt dämmerte es mir. Wenn ich damals auf dem Weg nach Hause eine Menschenschlange um etwas anstehen sah, stellte ich mich auch an. Butter, Öl und auch sonstige Speisefette waren sehr rar. Das Procedere war immer und überall dasselbe. Die Schlange kam sehr langsam in den Laden, dort kam man zuerst an der Kasse vorbei und musste zahlen. Wieviel man bekam, wusste man nicht. Dann kam man zur Theke und in diesem Fall bekam man ein total verknittertes, grobes, fettiges Packerl in die Hand gedrückt. Ich öffnete es, darin war total verschimmeltes, unappetitliches, fettiges Zeug. So erklärte ich, dass ich das Zeug nicht nehme, ich wolle doch meine Familie nicht vergiften. Daraufhin sagte die Verkäuferin: „Aber das Geld können wir Ihnen nicht zurückgeben." Ich ließ das Zeug auf dem Tresen und verließ das Geschäft. Nun nehme ich an, dass die Leute, die noch in dem Geschäft waren, sich beschwert hatten und mich angeschwärzt hatten.

Selbstverständlich war der Oberst nicht der Einzige, der mich die ganze Zeit befragte. Er ließ sich stundenweise von einem anderen Mann vertreten,

der aber keine Uniform trug, sehr böse drein-
schaute und mir auch drohte, aber irgendwie kam
er mir doch nicht so gefährlich vor wie der Offizier.
Zwischendurch wurde ich auch gefragt, ob ich etwas essen wolle, ich sagte nein – mi-am pierdut
apetitul (mir ist der Appetit vergangen), nur durstig
war ich. Ich bekam ein Glas Wasser, fürchtete aber,
dass man mir etwas hineintun könnte. Das war
aber nicht der Fall.

Dann musste ich auf die Toilette. Während ich verhört wurde, lag meine Handtasche hinter mir auf
dem Sessel. Als ich hinaus musste, überlegte ich
kurz, nimmst du die Tasche mit, verdächtigen sie
dich, dass etwas drin sein könnte, was sie nicht sehen sollen. Tatsächlich hatte ich einen Taschenka-
lender, in welchem alle Adressen und Telefonnum-
mern von Freunden und Bekannten eingetragen
waren. Das war gefährlich. Trotzdem ließ ich die
Tasche liegen, sie war sogar nicht geschlossen. Als
ich zurückkam, lag sie noch unberührt da. Ich atmete auf.

Ein Milizer begleitete mich auf die Toilette. Ich
musste die Tür offen lassen. Als ich ihn um Papier
bat, sagte er kaltblütig „Finger hast Du keine?"
Dann ging es zurück in den Verhörraum.

Die ganze Zeit saß der Dompfaff unbeweglich auf
dem Ast und sah in den Raum. Soll man da nicht
an etwas Übersinnliches und an eine Seele glauben, die auf einen aufpasst? Ich glaubte daran.

Am nächsten Tag wurde ich entlassen, es war noch
hell und ich bat, erst herausgelassen zu werden,
wenn es dunkler geworden war. Mein Argument
war, wenn mich jemand Bekanntes aus diesem Gebäude herauskommen sähe, ginge es wie ein

Lauffeuer durch die Stadt. Als ich dann in der Dämmerung die Treppen hinunter ging, hörte ich aus dem Keller so unmenschliche Schreie, dass mich das Grauen packte.

Das Gerücht ging um, dass bei der Securitate gefoltert wurde. Nach diesen Schreien glaubte ich es. Trotzdem ging ich nicht schneller über den Hof zum Ausgang. Ich wollte nicht zeigen, dass ich Angst hatte.

Noch zweimal wurde ich danach angerufen und musste mich im Dunkeln auf der Burgpromenade mit dem Offizier treffen. Er versuchte, mich als Spionin für die Bundesrepublik anzuheuern. Ich lehnte es mit folgenden Argumenten ab:

Erstens kämen wir, wenn wir die Ausreise bekämen, in ein kleines Dorf, in dem die Schwester und der Bruder meines Mannes lebten, von denen wir in der ersten Zeit vollkommen abhängig sein würden. Wo sollte ich da spionieren?

Zweitens hätte ich als rumänische Staatsbürgerin immer loyal zu meinem Vaterland gestanden und ich könne auch zur Bundesrepublik nicht anders stehen, die mich bedingungslos aufnähme. „Lieber verzichte ich auf die Ausreisegenehmigung. Betrug liegt mir nicht."

Einmal versuchte er, mich zu küssen, als wir im Dunkeln auf einer Bank saßen. Ich fürchtete, dass er mich auf andere Weise weich kriegen wollte. Aber beim letzten Treffen wiederholte er, was er mir schon bei der Entlassung aus dem Gebäude der Securitate gesagt hatte: „Du bist eine intelligente Frau."

Zehntes Kapitel

Das Hufeisen

Im April 1960 bekamen wir die Genehmigung zur Ausreise. Als der Ungar bei der Miliz sie mir aushändigte, sagte er: „Beeilen Sie sich mit der Abreise. Wir haben schon Leute von der ungarisch-österreichischen Grenze aus dem Zug geholt."

Wir durften laut Verordnung nur 70 Kilo Gepäck mitnehmen, Wertsachen durften wir nicht mitnehmen. Der Feldstecher meines Vaters war verboten, ebenso der Fotoapparat und Schmuck durfte man schon gar nicht mitnehmen. Also blieb nur Kleidung und Wäsche. Meine neunjährige Tochter durfte nur 60 kg mitnehmen, und da ich erfahren hatte, dass man Puppen und Stofftiere beim Zoll aufschnitt, verschenkten wir ihre Spielsachen. Sonst tat es mir um nichts leid, aber als sich das Kind ohne zu klagen von den Sachen bis auf ihren Teddybär trennte, ich wusste, wie weh es ihr tat, da wurde auch mir weh ums Herz.

In zwei Tagen arbeitete ich schnell alle Bestellungen ab und nähte und strickte. Für die Weiterarbeit hatte ich eine Dame aus der Nachbarschaft angelernt, die mir die Maschinen, das Garn und die Stoffe abgekauft hatte und alles übernahm.

Wir ließen uns von einem Schreiner sehr schöne Kisten machen. Dann mussten wir zur Stadtverwaltung und offiziell auf die rumänische Staatsbürgerschaft verzichten, was pro Person 2.000,- Lei kostete.

161

Bei mir war das Packen kein Problem, aber bei meinen Schwiegereltern war es schwierig. Zum Glück hatte ich einen guten Freund, mit dem ich einmal in einem Betrieb zusammen gearbeitet hatte. Als ich einmal vom Kaderchef blöd angesprochen wurde und deprimiert war, schob er mir mit einem langen Lineal einen kleinen Zettel zu, auf dem stand: „hoch Kopf!" Natürlich musste ich lachen. Von da an waren wir Freunde. So einen lieben, echten, uneigennützigen Freund habe ich nie mehr getroffen.

Er half meinen Schwiegereltern beim Packen. Allein hätten sie es nicht geschafft. Meine Schwiegermutter wollte Dinge wie zum Beispiel einen großen Spiegel einpacken, der an Gewicht und Volumen viel zu viel hatte. Für die Alten war es besonders schwer. Als wir endlich 15 oder 17 Kisten vollgepackt hatten, beschaffte mir mein Freund einen Lastwagen, wie und wo, ist mir immer ein Rätsel geblieben, denn zu der Zeit gab es schon längst keinen Eigenbesitz von Unternehmen oder Autos mehr. Ich wollte unbedingt beim Zollamt in Bukarest verzollen, denn sollte man mir etwas nicht erlauben, mitzunehmen, konnte ich es in Bukarest bei meiner Freundin lassen, und so wie es alle gemacht haben, bei einem späteren Besuch mitnehmen.

Mein Freund hatte einen Schwager, der Chef beim Bukarester Zollamt war. Zwar hoffte ich im Stillen, dass die Verzollung dadurch etwas besser ablaufen würde, auf der anderen Seite aber wollte ich niemanden durch Protektionismus belasten.

Wir fuhren ganz früh von Kronstadt ab und waren im Laufe des Vormittags beim Zollamt in Bukarest. Was ich dort vorfand, warf mich fast um.

Zu der Zeit konnte die JOINT, eine jüdische Weltorganisation, Menschen für horrende Summen aus kommunistischen Ländern freikaufen. Der große Hof am Zollamt war übervoll mit Auswanderern. Ich erschrak, es konnte Tage dauern, bis wir an die Reihe kamen. Eine Möglichkeit, die Kisten irgendwo sicher unterzustellen, gab es nicht. Wir mussten den ganzen Tag und die folgende Nacht auf dem Hof bleiben und auch übernachten. Es war Anfang Mai, aber in der Nacht war es bitter kalt. Mein lieber, guter Freund harrte mit mir dort aus, obwohl er eine Schwester und eben den Schwager in Bukarest hatte und bei ihnen hätte übernachten können.

Nun war es doch gut, dass wir Protektion hatten. So kamen wir am nächsten Tag an die Reihe. Zum Glück fanden wir einige Männer, die die schweren Kisten in einen großen Saal brachten. Robert hatte Halterungen an die Kisten machen lassen, so ließen sie sich besser tragen. Im Saal befanden sich viele lange Tische. Ich wurde aufgefordert, nacheinander die Kisten zu entleeren und den Inhalt auf den Tisch zu legen. Alles wurde peinlichst genau durchgesehen. Die Fotoalben und meine Kochbücher wurden in ein mit Glas verkleidetes Büro gebracht, wo zwei Beamte sie durchblätterten. Ich hatte keine Möglichkeit, sie zu beobachten und stellte erst viel später in Deutschland fest, dass die Fotos von meinem Vater in K. u. K. Uniform herausgerissen worden waren.

Natürlich konnte ich die Kisten nicht mehr so ordentlich einräumen wie das zu Hause noch gemacht worden war, und musste fest pressen, um alles wieder hinein zu bekommen.

Am Nachbartisch wurde eine jüdische Familie durchgefilzt. Sie waren so arm, alte, beschädigte Emailsachen waren unter ihren Habseligkeiten. Unter anderem hatte der alte Mann einen Kaftan mit einem uralten, verwetzten Fellfutter innen. Das wollte man ihm nicht durchlassen und er musste es dort an Ort und Stelle heraustrennen. Die Tränen liefen ihm über die Wangen. Ich kann mein Mitgefühl und Bedauern nicht beschreiben. Ich bekam alles durch, sogar den Gablonzer Modeschmuck, den ich in eine Schachtel zusammen mit altem Granatschmuck getan hatte. Auch eine große, japanische Vase, in welche ich eine Pelzjacke von Robert gepresst hatte.

Vom Zollamt mussten nun alle Kisten zum Verladebahnhof geschafft werden. Wieder zauberte mein Freund ein Vehikel herbei, das uns hinfuhr. Als auch dort alles aufgegeben und erledigt war und ich die Aufgabescheine in der Tasche hatte, gingen wir zusammen in ein Reisebüro. Ohne viel zu überlegen, verlangte ich fünf Schlafwagenkarten bis Salzburg und zu meiner Verwunderung bekam ich sie anstandslos. Ich war erstaunt, denn ich hatte von Aussiedlern erfahren, dass man sie gar nicht mit dem Zug reisen ließ, sondern nur mit dem Flugzeug und dass sie nur ganz wenig Beigepäck mitnehmen durften. Wenn man sie mit dem Zug fahren ließ, dann durften die Familienmitglieder nicht in ein- und demselben Zug fahren. Es gab Schikanen über Schikanen. Aber wir hatten Glück.

Am nächsten Morgen sagte ich: „Jetzt will ich den letzten Tag allein sein. Ich will auf den Friedhof gehen und mich von meinen Eltern verabschieden." Dann wollte ich mich noch von einer Freundin verabschieden. Der Mann meiner Freundin war eingesperrt und sie hatte lange Zeit nichts von ihm gehört. Nach einem Jahr wurde ihm der Prozess gemacht und er wurde frei gelassen. Er war Rumäne und Bankdirektor.

Unterwegs traf ich noch einen ehemaligen Kollegen, der nicht mehr von meiner Seite wich, was mir äußerst unangenehm war. Ich wollte und durfte ihm nicht sagen, dass wir in der folgenden Nacht endgültig wegfahren würden, dass ich auf den Friedhof ginge, um von meinen Eltern Abschied zu nehmen, und dass ich zu meiner Freundin gehen wollte, um mich von ihr zu verabschieden.

In der Burzengasse begegneten wir dem Oberst von der Securitate, der mir einen sehr bösen Blick zuwarf. Ich war überzeugt, dass es wegen des Kollegen war, denn ich wusste, dass er auch einmal bei der Securitate verhört worden war.

Unser Familiengrab war keine überdachte Gruft, aber die Seitenwände waren gemauert. Es wurde keine Erde nachgefüllt, wenn der Sarg hinuntergelassen worden war. Oben war ein breiter Zementrahmen, auf den drei schwere Zementplatten gelegt wurden, von denen jede rechts und links einen schweren Eisenring hatte. Hinter dem Grab war nur ein schmiedeeisernes Gitter, das den Friedhof vom Hof des Armenhauses trennte.

Ich war sehr lange nicht bei dem Grab gewesen. Als ich hinkam stellte ich fest, dass vorne an der Schmalseite die Innenmauer eingestürzt sein musste, denn dort war ein tiefes Loch und die Umrandung wurde von den Seitenteilen gehalten. Es tat mir sehr leid, dass ich so lange Zeit nicht auf dem Friedhof gewesen war, denn nun konnte ich praktisch nichts mehr herrichten. An den jeweiligen Ecken hatten früher vier Säulen gestanden, die circa 75 cm hoch waren und in die man Blumentöpfe stellen konnte. Zwei Säulen fehlten ganz, eine Säule war umgefallen und zerbrochen. Die Kletterrose, die den Grabstein umwunden hatte, war gestohlen worden. Es war keine Spur von ihr mehr vorhanden.

Mit schlechtem Gewissen und Schmerzen im Herz verabschiedete ich mich von dem Grab und wollte zu meiner Freundin gehen. Der ehemalige Kollege kam mit, ich konnte ihn nicht loswerden. Meine Freundin war nicht daheim, ich läutete, wir warfen Steinchen ans Fenster, nichts rührte sich.

Wieder wählte ich den Weg am Friedhof vorbei in der Hoffnung, dass der Kollege mich allein lassen würde, um allein Abschied nehmen zu können, aber er kam wieder mit. Als wir hinkamen, lag mitten auf den Steinplatten ein Hufeisen. „Du, war das auch vorhin hier?" frug ich verblüfft meinen Begleiter, „nein" war seine Antwort. Genau so ein Hufeisen lag früher als Briefbeschwerer auf dem Schreibtisch meines Vaters. Es stammte von seinem Lieblingspferd.

Wir sahen uns um. Da war keine Menschenseele, weder auf dem Friedhof, noch auf dem Hof des Armenhauses. Was sollte ich tun? Ich konnte doch das Hufeisen nicht mitnehmen. Ich war schon beim Ausgang, da zog mich etwas zurück zum Grab und ich nahm das Hufeisen. Ich habe es heute noch.

Ich stand innerlich meinem Vater immer bedeutend näher als meiner Mutter. Von ihm konnte ich alles haben, von meiner Mutter nichts. Obwohl sie oft recht hatte, hatte sie einen Ton, der ihn reizte, und er entzog sich ihr, wenn er nur konnte. Sie haben sich nie verstanden. Es war immer eine ungute Atmosphäre in unserem Haus. Ich litt darunter. Wenn ich meinen Vater vor ihr verteidigte, hieß es, du bist ein Vaterkind, geh zu ihm. Verteidigte ich meine Mutter, sagte er, geh zu deiner Mutter, du liebst sie doch mehr.

Elftes Kapitel

Die Freiheit

Bevor wir Rumänien verließen, fuhr ich nach Breaza, ein Dorf in der Nähe von Sinaia, dem ehemaligen Sommersitz der rumänischen Könige. Ich hatte erfahren, dass dort noch Hofdamen der Königin leben sollten, die wunderschöne rumänische Handarbeiten machten und an Vertrauensleute verkauften. Ich fuhr hin und lernte drei Damen der höchsten gesellschaftlichen Schichten kennen. Sie waren hochgebildet. Ich bewunderte die wunderschöne Einrichtung mit den in rumänischem Stil geschnitzten Möbeln und den herrlichen Bildern, die die Wände schmückten.

Ich kaufte für eine größere Summe feinste, wertvolle Handarbeiten, die ich Verwandten und Freunden in Deutschland schenken wollte.

Zu unserem Haus ging ich nicht mehr. Ich wollte es in dem Zustand wie es damals war, nicht mehr sehen. Die Kommunisten hatten viel zu viele Menschen hinein gepresst. Vorher hatten im Hochparterre meine Eltern, also zwei Personen auf circa 90 bis 100 m² gewohnt, mit einer Küche, einem Badezimmer und einem WC. Nun hausten zeitweilig zwölf bis über zwanzig Personen dort. Küche und WC waren in einem unvorstellbaren verdreckten Zustand. Es hieß, man gestand einer Person nur noch acht Quadratmeter zu. Auf unser Grundstück hatte man drei Häuser gebaut. Es gab fast keinen Hof mehr und keinen Garten. Es war dunkel, kein

Licht und kein Grün mehr. Es war nicht mehr das Haus meiner Kindheit.

Als ich an dem Tag zurück zu Robert und zu meinem Kind kam, packte jeder von uns noch einen Koffer. Vor Mitternacht hatten wir uns zwei Taxis bestellt, fuhren zum Bahnhof, ohne uns von jemandem verabschiedet zu haben. Wir suchten unsere Abteile auf. Ich war froh über den Schlafwagen und hoffte, etwas Ruhe und Schlaf zu finden. Aber die Anspannung blieb. Carola schlief mit mir im oberen Bett. Es war sehr heiß und auch das Kind war unruhig. Im Schlaf fiel sie sogar einmal aus dem Bett und ich erschrak fürchterlich. Also war an Schlaf nicht zu denken.

Am nächsten Tag in der Grenzstation Curtici mußten wir alle außer meiner Schwiegermutter, die kaum laufen konnte, aussteigen. Vier Zöllner, darunter auch eine Frau, stiegen ein und schlossen die Türen zu den Abteilen, sie durchsuchten die Abteile peinlich genau. Bei meiner Schwiegermutter wurde Leibesvisitation gemacht.

Im Zollgebäude mussten wir alle unsere Koffer aufreihen und öffnen. Auch die wurden peinlich genau untersucht. Da sagte ein Zöllner: „Da sind doch Ihre Kisten vor zwei Tagen durchgekommen, wieso haben Sie noch so viel Gepäck?" Ich erklärte ihm, dass wir ja noch zwei Tage in der Wohnung schlafen und leben mussten, und dass dies die letzten Sachen, fast alles nur Wäsche und Kleider seien, die wir auch für die Reise brauchten. Carola hatte ein goldenes Kettchen mit einem Kreuz am Hals, außerdem hatte sie einen neuen Lammfellmantel an. Der eine Zöllner griff ihr an den Hals, obwohl nichts sichtbar gewesen war, zog das Kettchen mit dem Kreuz heraus und sagte: „Das bleibt hier!" Ich hatte aus den Eheringen meiner Eltern zwei Kreuze machen lassen. Eines davon trug meine Tochter an dem goldenen Kettchen um den Hals. Ihren Mantel musste sie ausziehen. Er wurde in einen Nebenraum gebracht. Da fing das Kind lautlos an zu weinen. Ich tröstete sie: „Macht nichts, Du bekommst einen neuen Mantel." Sie hielt mit der einen Hand die Hand ihres Vaters fest und ließ sie nicht mehr los. Ich hatte Robert vorher einen dicken Ring an den Finger gesteckt und Carola gesagt, dass sie die Hand ihres Vaters unter keinen Umständen loslassen solle. Ihren Teddybär hielt sie eng an sich gedrückt im Arm, als der Zöllner ihr den Bär wegnahm und ihm mit einem Messer den Bauch aufschlitzte. Holzspäne und Sägemehl fielen auf den Boden. Die Eheringe hatten wir abgezogen, weil wir wussten, dass die weggenommen würden. Ich hatte aber an der rechten Hand einen Ring mit einem Saphir und kleinen Diamantsplittern darum. Auch dieser wurde mir abgenommen.

Zum Glück hatte ich meine Tante aus Temesburg nach Curtici bestellt, weil ich ihr einige Sachen aus meiner Wohnung mitgebracht hatte, die sehr gut waren und ich sie nicht Fremden in meiner Wohnung lassen wollte.

Diese Tante, die jüngste Schwester meiner Mutter, war aus ihrer Wohnung, der Onkel lebte damals noch, hinausgeworfen worden und lebte seither im Keller desselben Hauses. Der Onkel starb bald darauf, der Sohn wurde in die Sowjetrepublik verschleppt und als er nach fünf Jahren zurückkam, war er schwer krank. Er hatte eine Frau und zwei Kinder.

Statt auch in Temesvar zu bleiben, zog er mit seiner Familie auf ein Dorf. Aus einer Stadt wegzuziehen war sehr leicht, aber in eine Stadt zu ziehen sehr schwer. Zurück in eine Stadt zu ziehen war fast unmöglich. Man bekam das Buletin (Personalausweis) nur, wenn man eine Arbeitsstelle hatte, diese bekam man nur, wenn man eine Wohnung hatte und eine Wohnung zu erhalten, war fast unmöglich. Meine Tante konnte nie in ihre schöne vier-Zimmer-Wohnung im ersten Stock des Hauses zurückziehen, sondern lebte immer im Keller, wo die Rattenlöcher mit Glasscherben verstopft worden waren, was nicht allzu viel half. Die Ratten fanden immer einen Ausschlupf.

Ich frug den Zollchef, ob er mir erlaube, die von ihm konfiszierten Sachen meiner Tante zu geben. Sie wäre draußen auf dem Bahnhof und bliebe im Lande. Ich hätte ihr auch einige Sachen aus meiner Wohnung mitgebracht.

Der Fellmantel wurde meinem Kind zurückgegeben, aber der Saum und die Ärmelaufschläge waren mit einem Rasiermesser aufgeritzt worden. Der schöne neue Mantel sah jetzt schäbig aus. Der Bär war kaputt. Den Schmuck durfte ich meiner Tante geben, die mit ihrer Schwiegertochter da war, und ich bat sie vor dieser, mir den Schmuck aufzubewahren. Ich würde ihn mir, wenn ich wiederkäme, holon.

Unsere Abteile waren immer noch verschlossen. Meinem Schwiegervater hatten wir in den Schritt seiner Hose einen schweren Siegelring meines Vaters eingenäht. Robert hatte am rechten Finger auch einen Siegelring mit Monogramm meines Vaters. An diese Hand klammerte sich das Kind immer noch und ließ sich nicht fortbringen. Es wurde auch nicht versucht.

Unsere Koffer lagen noch immer offen auf den Pulten. Da wir sonst keine Wertsachen mitnehmen durften, hatten sich meine Schwiegereltern und auch ich neue Bett-, Tisch- und auch Leibwäsche machen lassen. Auch hatten wir nur die besten Sachen in den Koffern, was den Zöllnern nicht gefiel. Plötzlich frug mich der Zollchef: „Was sollen diese vielen neuen Sachen?" „Man hat uns 70 kg pro erwachsene Person erlaubt, es waren aber nicht ganz 70 kg in manchen Kisten." Ich log wie gedruckt.

Endlich, nach einigen Stunden durften wir wieder einsteigen, außer dem Schmuck, den ich bei meiner Tante zurückgelassen hatte, hatten wir alles behalten.

In Budapest hatten wir einige Stunden Aufenthalt, meine Tante, die in Budapest wohnte, kam zum Zug und wir konnten auch endlich etwas zu essen und zu trinken besorgen.

Wir waren an den Zug „Blaue Donau" angekoppelt worden. Aber wir befanden uns immer noch im kommunistischen Machtbereich. Als wir nach einigen Stunden Fahrt endlich über die österreichische Grenze fuhren, sagte Robert: „Es lebe die Freiheit!" In diesem Augenblick fielen wir auf die Knie und weinten. Es war, als hätte sich zu einem ständig verdunkelten Raum eine Tür geöffnet und heller, warmer Sonnenschein fiel herein und wärmte Leib und Seele.

Unter was für einem Druck ich gestanden hatte, wird verständlich, wenn man bedenkt, dass ich meinen ganzen noch übrigen Schmuck, sechs

Brillantringe, Halsketten, Armbänder und kleine Broschen im Schlafwagen versteckt hatte und während in Curtici die Zöllner hinter den verschlossenen Türen alles durchsuchten und wir im Zollamt drinnen wie Verbrecher behandelt wurden, hatten meine Innereien krampfartige Tänze aufgeführt, denn es wurde mir bewusst, was ich riskiert hatte. Hätten sie den Schmuck gefunden, hätten wir alle aussteigen müssen, wären in ein Lager oder Gefängnis gebracht worden, aber zurück in unsere Wohnungen hätten wir nicht mehr können.

So geschah es einer armenischen Familie, die in Kronstadt in unserer Nähe gewohnt hatte, und deren unmündiger Sohn am letzten Schultag die Bemerkung gemacht hatte, er wäre froh, dies verfluchte Land verlassen zu können. An der Grenze wurden sie aus dem Zug geholt und wurden monatelang in Lagern eingesperrt.

Als wir die österreichische Grenze passiert hatten, holten wir den Schmuck aus dem Versteck. Ich hatte alles an einen langen Faden geknüpft und in ein ganz enges Versteck geschoben, wohin nur meine Tochter mit ihren kleinen Fingern gelangen konnte.

Als ich viel später den Schmuck von einem Juwelier schätzen ließ, war ich entsetzt für wie wenig Geld ich unser aller Leben aufs Spiel gesetzt hatte.

Das goldene Kettchen mit dem Kreuz und meinen Ring brachte mir später eine gute Freundin mit.

Inzwischen habe ich gelernt: echter Schmuck ist beim Kauf sehr teuer, will oder muss man ihn eines Tages verkaufen, muss man froh sein, wenn man ein Drittel des Preises bekommt. Aber schön ist er doch.

Als wir in Wien ankamen telefonierte ich gleich meinem Onkel. Innerhalb der nächsten halben Stunde erschien er mit seiner Frau auf dem Bahnhof. Mein Onkel wollte mir einen Wunsch erfüllen und frug, was ich möchte. Mein Wunsch war für ihn erschreckend, denn ich wollte, dass er mir ein paar Zeitschriften kaufte. Er war entsetzt, für ihn waren die bunten Zeitschriften wie Stern, Bunte und Illustrierte eine Kulturschande, aber er erfüllte mir den Wunsch. Wir hatten 15 Jahre keine illustrierten Zeitungen und Zeitschriften in der Hand gehabt. Allein das Papier anzufassen, tat gut. Wir wurden gezwungen, die Parteizeitung zu abonnieren. Das hieß schlechtes Papier, schäbiger Druck und immer derselbe kommunistische Inhalt, Parteieigenlob und Übererfüllung der wirtschaftlichen Produktivität in den Betrieben, was vorne und hinten nicht stimmte.

Wir fuhren weiter und kamen in Salzburg an, wo wir vier oder fünf Stunden Aufenthalt hatten. Robert ging mit Carola und seinen Eltern essen. Ich war neugierig und ging in der Gegend um den Bahnhof herum. Ich sah die ersten Mädchen und jungen Frauen in Petticoats und Stöckelschuhen, die ersten schönen Auslagen, nicht wie bei uns damals leere Gurkengläser oder Essigflaschen zu Pyramiden gestapelt.

Abends kamen wir in Piding im Auffanglager an. Es waren fast nur Jugoslawen dort, die kein Wort deutsch sprachen. Außen an die Fenster hatten sie fast schwarze, luftgetrocknete Schinken gehängt.

Wir kamen in einen großen Raum, der voll übereinander gebauter Pritschen war. In der Mitte befand sich ein Kanonenofen, der nicht in Betrieb war. Ich ging ans Telefon, rief Maria und Alexander an und berichtete ihnen, wo wir waren. „Wir kommen und holen Euch."

Ein Aufseher rief mich, um Decken und Bettzeug zu holen. Wir bekamen auch etwas zu essen. Ich war seelisch und körperlich so erschöpft, dass ich mich auf die Pritsche warf und sofort einschlief. In der Nacht kamen Alexander und seine Frau und Maria und ihr Mann in Piding an. Robert erwachte, sie begrüßten sich, dann fuhren sie nach Bad Reichenhall, wo sie übernachteten. Am nächsten Morgen kamen sie wieder und auf Veranlassung meines Schwagers wurden wir in Windeseile durch das vorgeschriebene, behördliche Prozedere geschleust. Unsere Personalien wurden aufgenommen und wir wurden von einem Arzt untersucht. Mir fiel auf, dass fast nur Schwerkriegsbeschädigte im Pidinger Lager arbeiteten. Nur der Arzt war ein Deutsch-Ungar. Ich sah Männer, denen Gliedmaßen fehlten und die fürchterliche Verbrennungen hatten. Wie damals im Krieg, als ich Verwundete pflegte, sah ich die fürchterlichen Folgen des Krieges.

Zwölftes Kapitel

Wie es weiter ging

Nach kurzer Zeit hatten wir uns eingelebt. Robert und seine Eltern bekamen eine erstklassige medizinische Behandlung. Ich war erfolgreich in meiner Arbeit und machte mich später selbstständig. Carola ging zur Schule, fand neue Freunde, studierte, heiratete und hatte später selbst Kinder.

Ungefähr zwei Jahre nach unserer Ausreise wurden wir zu einer Familienkonferenz zu Alexander und Maria und ihren Ehepartnern gebeten. Es war die Zeit, in der die kommunistisch regierten Länder Staatsbürger zu hohen Preisen verkauften, um ihr Staatsbudget aufzubessern. Es gab Rechtsanwälte, die das vermittelten. Rumänien hatte feste Preise. Maria hatte die Verbindung zu so einem Rechtsanwalt aufgenommen. Es wurde pro Person DM 10.000,- verlangt und wir holten weitere Verwandte aus Rumänien nach Deutschland.

Unter dem Kommunismus habe ich vieles schlucken und vieles schweigend einstecken müssen. Trotzdem habe ich manch einem Politruck, zwar nicht frech, aber doch widersprochen. Freiheit, vor allem die Freiheit des Wortes kann man nicht hoch genug einschätzen und muss dafür dankbar sein, wenn man frei seine Meinung äußern darf. Wie oft habe ich erlebt, dass jemand zu einer Äußerung provoziert worden war, und dann jahrelang hinter Gefängnismauern oder zur Zwangsarbeit irgendwohin verschwand.

Ich hatte gelernt abzuwägen, schade oder kränke ich jemanden, wenn ich meine Absicht oder meine Gedanken ausführe? Kam ich zu der Überzeugung, ich tue niemandem weh und war überzeugt, mein Argument ist gut, habe ich meine Meinung gesagt.

Dreimal war ich wieder in Kronstadt. Nur einmal habe ich mein Elternhaus besucht. Es war dasselbe Gefühl, als stünde ich vor einem frischen Grab. Nicht Bomben haben es kaputt gemacht, nein, nur der Neid und der Hass der Menschen.

Wenn ich im Winter dafür sorge, dass das Vogelfutterhaus immer gut gefüllt ist, freue ich mich über die vielen Vögel, die kommen. Darunter ist auch immer ein Dompfaff mit seiner roten Brust. Ich sitze dann am Schreibtisch hinter dem Fenster und schaue hinaus. Ich habe das Hufeisen auf den Schreibtisch gelegt. So wie es auch mein Vater getan hatte.

Über die Autorin

Angela Hoffmann, 1957 in Hannover geboren, Studium der Philosophie und Literaturwissenschaft, veröffentlichte zwei Gedichtbände, Erzählungen, Haiku, Essays, Kinder- und Jugendbücher und Übersetzungen aus dem Englischen und Amerikanischen wie die Übertragungen von Werken Kahlil Gibrans. Ihre Gedichte wurden mehrfach ausgezeichnet und in Schulbüchern für den Deutschunterricht abgedruckt.

Der hier vorliegende Roman wurde von ihr auf Deutsch und Englisch geschrieben und ist inspiriert von historischen Ereignissen.

Angela Hoffmann schreibt seit über zwanzig Jahren Biographien und Chroniken für den privaten oder den unternehmerischen Gebrauch.

Weitere Informationen und Kontaktaufnahme unter E-Mail: HoffmannAE@aol.com

Die Autorin dankt allen Personen, Verbänden und Institutionen, Archiven und Bibliotheken usw. für ihre Informationen.

Hinsichtlich der vertraglichen Gestaltungen wird RA Meinrad Mayer, Frankfurt, für seine Beratung gedankt.